MEMORY HOUSE
记忆坊文化

我说，人不是往高处走吗？

外婆说，一个人在小院落安稳地过完一生，

就是我的高处。

外婆的小吃店

赵挺 著

江苏凤凰文艺出版社
JIANGSU PHOENIX LITERATURE AND ART PUBLISHING

图书在版编目（CIP）数据

外婆的小吃店 / 赵挺著 . -- 南京 : 江苏凤凰文艺出版社 , 2023.6（2024.1 重印）
ISBN 978-7-5594-7639-5

Ⅰ . ①外… Ⅱ . ①赵… Ⅲ . ①故事 – 作品集 – 中国 – 当代 Ⅳ . ① I247.8

中国国家版本馆 CIP 数据核字 (2023) 第 047889 号

外婆的小吃店

赵挺 著

责任编辑　白　涵
特约编辑　燕　麦
绘图支持　我不害怕啊　TUTU
封面设计　小贾设计
版式设计　段文婷
出版发行　江苏凤凰文艺出版社
　　　　　南京市中央路 165 号，邮编：210009
网　　址　http://www.jswenyi.com
印　　刷　环球东方（北京）印务有限公司
开　　本　880mm × 1230mm 1/32
印　　张　7
字　　数　186 千字
版　　次　2023 年 6 月第 1 版
印　　次　2024 年 1 月第 2 次印刷
书　　号　ISBN 978 - 7 - 5594 - 7639 - 5
定　　价　42.00 元

目录

楔子

20世纪90年代的某一天，不知道你们在干什么，有些人可能还未出生，有些人可能还很小，有些人已经老了。我属于还小的那种，但外婆已经老了，她在村庄里开了一家小吃店，起初只有生煎和包子，后来可以吃任何东西，可以笑，可以哭，可以唱歌跳舞，可以天南海北，可以悄悄私语，有故事，有秘密，有了一切美好温暖的东西。这家小吃店，几乎成了全村的念想。

山川万里，奔赴各地，而温暖的小吃店会一直开在那里。

Chapter 01

世上最好吃的冰糖红烧肉

[1]

外婆从菜场买来了最好的五花肉，准备了最齐全的料，发誓一定要做一顿这个世界上最好吃的冰糖红烧肉。那种没有人能顶得住的浓油赤酱，香甜酥软。

此时此刻，对红烧肉的期待，竟然让我的小心脏怦怦跳。外婆忙着做这么好吃的红烧肉，我也想积极参与一下，拿这拿那，擦桌扫地，反正没有一样是和做红烧肉有关的，最后只能不停地洗碗。

外婆说，洗这么多碗干吗，几个菜啊？

我就拿着碗在那边甩，把每一滴水都甩干。结果不小心将一只碗甩了出去，直接碎了一地。

我怕吃不上快到嘴的红烧肉，赶紧说，我错了，马上去扫干净。

其实这顿红烧肉并不是给我做的，而是做给和我差不多大的娜娜的。

那一天，娜娜太饿，在家人吃饭前，偷吃了一块红烧肉，奶奶惩罚她站在旁边挨饿。之后几天，不能坐下来一起吃饭，只能一个人端着碗吃，并且只有白米饭，娜娜一个人捧着饭碗，眼泪就流下来了。

我听到这件事，猛地拍了一下桌子说，要是我奶奶这样对我，我就把他们的桌子给掀翻了。

外婆看着我说，那要是外婆这样呢？

我说，把掀翻的桌子再扶起来。

外婆白了我一眼，继续切菜，说要去找娜娜奶奶算账。冷静了几秒钟，她想，这是别人家的孙女，又不是我的。又冷静几秒，她把菜刀钉在砧板上自言自语，就算不是我孙女，我也不能不管。

于是外婆猛烈地切着最好的五花肉，然后将肉倒入油锅，过会儿放入冰糖，又加入葱、姜、蒜、香叶、八角等各种配料，接着放入鸡粉、生抽，小火煲，大火烧。不一会儿，一碗香喷喷的红烧肉就出锅了，肥而不腻，入口即化。

我看着红烧肉一脸惊喜地叫着，哇哇哇。外婆拿着碗用手护着说，哎哎哎。

我说，怎么了？

外婆说，你去把娜娜叫来。

我说，吃一块我就去叫。

外婆说，叫来再给你吃一块。

于是我夺门而出，没一会儿，又拽着娜娜冲进店内。

外婆对着娜娜说，我就是要让你尝尝，世界上最好吃的冰糖红烧肉。

娜娜梳着羊角辫，捧着碗，吃得满嘴香甜，喜笑颜开。

此时，我看着外婆说，我能吃一块吗？

外婆仿佛终于想起了我，千挑万选了一块看起来最肥、最油腻、最难吃的给我说，你尝尝就行了，要照顾一下小妹妹。

我说，能不能照顾一下我这个小弟弟？

外婆给我一只碗，往碗里扔了一块肉说，吃吧。

此刻的我如果配上汪汪汪的声音，那就更完美了。

我一口吃完，说，还有吗？

外婆说，有是还有……

我说，就是还没有做。

外婆说，还没有买。

娜娜吃完就心满意足地回去了，看着她蹦蹦跳跳的身影，我说，你的亲外孙看得口水都流下来了。

外婆看着窗外说，我像她这么大的时候，什么都没得吃。

我说，我现在就和她这么大，我也什么都没得吃。

外婆突然看我一眼说，闭嘴，然后思绪万千地说，看着她吃，我就像那时候的自己吃到了红烧肉一样。

我说，那你什么时候做给我吃？

外婆突然收起碗和筷子说，一个人呢，不仅要吃，还要做自己喜欢的事情。

我说，什么事？

外婆指着碗筷说，给我洗碗。

[2]

后来我才知道，吃红烧肉是娜娜为数不多的快乐之一。娜娜父母很早就出去工作了，娜娜就由爷爷奶奶养着。爷爷奶奶对娜娜这个小姑娘非常不喜欢，只因为他们喜欢男孩子，后来娜娜又有了一个弟弟，奶奶更是不把娜娜当一回事。

外婆告诉我，别看那天娜娜吃完红烧肉蹦蹦跳跳地回去，回去之后她就要洗碗、扫地、拖地，干各种家务活，有时候还要负责哄弟弟睡觉。

我说，洗碗、扫地、拖地，这不是和我干的一样吗？

外婆说，你要哄弟弟睡觉吗？

我说，我就是弟弟，每天自己睡觉的。

外婆又白了我一眼。

外婆还说，有一次弟弟笑的时候喷出了鼻涕口水，娜娜也跟着笑了起来。结果被奶奶狠狠训斥了一顿，说她不及时帮弟弟擦掉，还一个劲笑。娜娜笑起来有两个小酒窝，奶奶却经常说，你再笑，我就用针扎你的两个酒窝，看你还笑得出来不？娜娜的笑声戛然而止，整个人木讷僵硬。

但是在我外婆这里，娜娜的笑是三月春风，暖冬棉袄。尤其那两个小酒窝，外婆总会忍不住去摸两下说，这酒窝甜得跟两只酒酿圆子一样啊。说完就亲娜娜一口，娜娜就笑得更开心了，整个人活蹦乱跳的。

有一次我看娜娜笑得那么开心，我说，来，给我也亲一下。

外婆一把捂住娜娜的脸说，小赤佬（宁波方言，指小子、小鬼），吃你的包子啊。

我说，就只准你亲，不准我亲吗？

外婆说，我是她外婆，你是她谁啊？

我拿着包子说，我是她外婆的外孙。

外婆说，脑子倒还没吃坏。

外婆和娜娜说，你奶奶真要拿针扎你酒窝，你就跑我这里来，知道不？

我说，对，来这里拿针，去扎你的奶奶。

外婆说，说话前能不能先想想？

于是我想了想问，那拿什么？

外婆说，我真想用一只锅盖扑住你的嘴。

我张开嘴说，来吧，来吧。

娜娜笑笑点点头说，我在家里不笑就好了。

外婆叹了一口说，家里都不能笑，这叫家吗？

娜娜说，那叫什么？

我说，这叫傻瓜王八蛋圆滚滚的小弹珠。

外婆皱着眉看着我说，能不能正常点？这都从哪儿学来的话？

我说，学校里打弹珠的时候学的。

外婆说，以后弹珠全没收了。

外婆突然大手一挥对娜娜说，反正这里也是你家。

我说，对，以后这里也是你的家，你就负责扫地、拖地、擦桌子、洗碗……

外婆斜着眼睛看着我。

我说，那洗碗可以我来。

娜娜平时也是外婆小吃店的常客，几乎每天早上都会准时来店里买四只大肉包，但从来不在店里吃，拿着包子就走了。有一天，娜娜又买了两只大肉包，外婆看到蒸笼里还有一只，于是顺手给娜娜说，今天就多送你一只吧。

我说，哎呀，又送啊。

外婆说，不送也是给你吃。

我说，宁愿送也不给我吃吗？

外婆说，花头别给我多啊。

此时，娜娜拿过包子咬了一口，高兴地说，真好吃呀。

外婆摸摸娜娜的头说，小姑娘，还挺会说话的，你又不是第一次吃。

娜娜拿着咬了一口肉包说，我从来没有吃过这个肉包。

外婆说，你不是天天来买吗？

娜娜说，都是买给爷爷奶奶和弟弟吃的。

外婆说，你从来没吃过肉包？

娜娜说，我看着他们吃。

[3]

娜娜在学校里的成绩一直很好，喜欢写作文，还想去参加作文比赛，于是想买两本课外书看看。奶奶却抱着弟弟瞪了她一眼说，买什么书。然后指着娜娜说，读那么多书干吗，赶紧洗碗去。娜娜满脸委屈。最后还是外婆陪着娜娜买了两本课外书。

外婆对娜娜说，以后你奶奶要是再让你不学习，要你洗碗的话……

我说，你就把碗全砸了。

外婆对着娜娜指着我说，就让他去你家洗碗。

我说，为什么啊？

外婆说，不学习的人都去洗碗，从小洗到大。

我说，从小碗洗到大碗吗？

外婆说，你看，没学习过的人都是这样想的。

我翻着外婆给娜娜买的两本作文书，外婆说，看得懂吗？

我说，不就随便看看呀。

外婆对娜娜说，以后你就帮帮他学习，到现在他除了打弹珠厉害点，其他什么都没学好。

我立即合上书说，信不信我给你背一首古诗？

外婆摆摆手说，行了行了，算账要会算，字要都认识，不要以后长大到了社会上被骗。

我说，小吃店的哪笔账我不会算，哪个字我不认识？古文可以来一段，英语也可以来一段，谁骗谁啊。

外婆说，会说英语了？讲给我听听。

于是我立即念，ABCDEFG……瞬间背完了二十六个字母。

外婆听了点点头，毕竟也听不懂。

我说，怎么样，以后还会被骗吗？

外婆说，以后可以骗别人了。

娜娜在旁边笑着，两只小酒窝更灿烂了。

娜娜在学校的作文比赛中得奖之后，兴奋地拿着奖状第一时间跑到外婆的小吃店，外婆也高兴地抱起她。外婆奖励了娜娜两只包子后，她又兴奋地跑回了家里。这大概是娜娜人生中的第一张奖状。她把奖状贴在了家里最显眼的位置。

奶奶看见之后，一把扯了下来，把奖状往旁边一扔说，好好的墙，你贴什么？

娜娜捡起被撕破的奖状，眼泪又流了下来。她又走到了外婆的小吃店，外婆此刻正准备吃晚饭，见此状，连忙放下筷子说，怎么了？摔倒了？

娜娜哭着把事情说了一遍。

外婆拿出胶水说，来，我帮你补好，就贴在我店里的墙上好了。然后帮娜娜擦了擦眼泪说，你看，中心位置，全村都看得见。

我看着那张奖状，凝视了很久。

外婆搂着娜娜对我说，你看看，你什么时候也拿个奖。

我思考了很久，我该怎么得个奖。于是在一个夜里，我偷偷爬上桌子，拿起笔，在奖状里娜娜的名字旁边，恭恭敬敬地加了自己的名字。

好几天都没有人发现，我觉得没什么意思，于是又偷偷爬到桌子上，把自己的名字给涂掉了。

虽然还小，但是一些莫名其妙的烦恼还是与日俱增。譬如我躺在床上想，我什么时候也能拿个奖状回来呀，为什么世界上有作文比赛，就没有打弹珠比赛呢？要是有打弹珠比赛，那我的奖状就可以贴满一整面墙啊……我就这样躺在床上辗转反侧。

外婆说，要不要讲个故事？

我说，早就听腻了。

外婆说，你还小，我的故事还有很多。

我不屑地说，都已经这么大的人了。

外婆转个身说，从前有个人呢……

我说，唉，一样的老套路。

外婆继续说，在别人的奖状上偷偷写上自己的名字又偷偷地涂掉了……

我心里一惊，嘴巴一闭，就这样假装睡着了。

那几天娜娜时不时来外婆家里。

外婆对娜娜说，我这辈子最看不惯重男轻女。然后她想了想说，对了，你知道重男轻女什么意思不？

娜娜扑闪着大眼睛笑着说，就是男的很重，女的很轻。然后她看着外婆说，所以，女的要多吃一点，才会和男的一样重。

外婆说，嗯，有道理，晚饭在这里吃吧。于是她又跑去给娜娜做了两个菜。

外婆在做菜的时候，娜娜一直在后院里玩耍，对着各种花草也不知道在自言自语什么，外婆有时候偷偷看她一眼，心里一暖，这小姑娘，多可爱啊。然后一回头，哟哟哟，蛋烧煳了。

吃饭的时候，外婆把菜夹到娜娜碗里。娜娜也把菜夹到外婆碗里，外婆说，很好啊，这叫相互帮助。

我看着外婆和娜娜相互夹菜，想了一会儿，就把自己碗里的菜夹给了娜娜，把娜娜碗里的菜夹给了外婆，再把外婆碗里的菜夹给了自己。

外婆说，又玩什么花样?

我说，相互帮助，我也参与一下。

外婆说，你把汤都给我们分好吧。

于是我给外婆和娜娜每个人盛了一碗汤，然后自己端着碗咕咚咕咚喝完了剩下的汤，一滴都不剩。

我打了一个饱嗝说，真爽呀。

外婆看看我说，还有一点葱呢，舔干净吧，省的洗碗。

娜娜又在那边笑着对外婆说，后院里的花是你自己种的吗?

外婆说，是呀。

娜娜又问，那菜也是你自己种的吗?

外婆说，对呀。

娜娜说，老师讲过，把希望、幸福种在泥土里，也会越长越多，是吗?

外婆想了想，点点头说，嗯，老师说得没错。

我也点点头，若有所思的样子。

外婆说，你想说什么？

我继续点点头说，好吃。

往后的日子，娜娜不仅和外婆很熟，和外婆家后院的猫、狗的关系也很好，经常放学后就在后院里玩半天，里面的花花草草她都如数家珍。外婆经常会看着后院里玩耍的娜娜，笑着说，有这么一个孙女多好啊。

那个时候我总会突然出现，拍拍外婆的背说，我不好吗？

外婆一回神，拍拍胸脯说，哦哟，被你吓一跳。然后摸着我的头说，好啊，你怎么会不好，你这个小赤佬。

[4]

那一天早上，外婆店里热气腾腾的包子刚出炉。一个人拿着纸币说，四只肉包。外婆取出包子突然发现，这个人竟然是娜娜奶奶。

外婆好奇地盯着她问，怎么你来了？你家孙女呢？

娜娜奶奶拎着包子说，在卫生院里躺着呢，不会动了。

外婆大吃一惊问，什么？不会动了？怎么啦？

娜娜奶奶说，走路不长眼。说完就转身走了。

娜娜奶奶就像什么事情都没有发生过，外婆则急得店门都没来得及关，系着围裙就一路朝卫生院跑去，跑了几步，又想到什么，赶紧回来拿了两只肉包。

外婆对我说，你给我看着店啊。

我说，哦，好的。然后也一路急匆匆地跟在外婆后面小跑着。

外婆在卫生院见到娜娜时，她正躺在床上，头上、大腿上都裹着纱布。

外婆问医生，怎么了？

医生说，背同学的时候摔的，额头磕破，左臂缝了好几针，养几天吧。

外婆把包子递给娜娜说，没事背着同学干吗？

娜娜露出两只小酒窝说，阿杰突然昏倒了，我就背着他来了呀，还好现在他去大医院了，应该没什么事了。

外婆看着娜娜的破裤子说，我给你买条新裤子吧。

娜娜认真地说，我终于知道，什么是重男轻女了，男的太重了，不然我也不会摔倒。

外婆说，有道理，趁热把包子吃了。

然后外婆一回头看到了我，就像见了鬼一样说，你怎么来了？不是让你看店的吗？店里面东西少了算谁的？

我看着娜娜挠挠痒说，算你的吧。

外婆说，让你看店你又瞎跑。

我说，这不人命关天吗？

外婆说，谁跟你说人命关天了，学了个成语就到处乱用，娜娜，教他应该怎么说。

娜娜就躺在床上嘻嘻嘻嘻地笑着。

我说，听见了没有，应该用嘻嘻嘻嘻。

娜娜那几天躺在卫生院，大部分时间都是外婆陪在她身边。外婆走的时候总叮嘱一句，我不在的时候你一个人别乱走。

这时候我就会说，这不还有我吗？

来的时候外婆总带一堆好吃的，说，够你一个人吃了吗？

我依旧说，这不还有我吗？

其间，娜娜的奶奶只来卫生院看过她一次，留了一句，你看看自己这样子有什么用？然后就走了。

娜娜问外婆，我做错什么了吗？

外婆说，没有，最大的错就是你奶奶。

我说，去她的。

外婆揉着娜娜的手说，咱别理他，好好养伤。

我说，对，咱别理她，等伤好了再说。

外婆说，我说的是你。

我说，我是不是你亲外孙啊？

外婆过来搂着我的头亲了两下说，亲外孙，正宗亲外孙。

娜娜的伤养好之后，她就再也没有来外婆的小吃店买过包子，但偶尔还会来外婆家的后院玩耍。有一次外婆问她，现在怎么每天都不来买包子了？

娜娜说，弟弟被爸爸妈妈接走了，不吃包子了，爷爷奶奶也不吃了。

娜娜说完拿出几个手指大小的玻璃瓶，里面装着五颜六色的糖，她打开给外婆说，你尝尝。

外婆说，谁给你买的？

娜娜说，阿杰出院回来，给我带回来的。

外婆笑笑说，好吃，和你的小酒窝一样甜。

此时，我也很自觉地伸出了手，娜娜刚要给我糖，外婆就把一颗糖丢到了我的手心。

我看看外婆说，才一颗呢。

外婆说，还想吃第二颗？

我说，吃糖都是一把一把吃才有感觉。

外婆说，灶台旁边有黄糖，你拿几把吃吃。

日子就这么春夏秋冬地过着，娜娜从一个低年级的小姑娘，到上初中，再上高中。上初中的时候，奶奶说，姑娘家读这么多书有什么用，别读了。外婆一直说，别听你奶奶的，一定要读下去。我这边上初中的时候就主动要求，唉，真是太累了，不想读书了。外婆则拿着大勺对我说，你不去读书试试看？我巴掌打到你浮肿为止。

上高中的时候，奶奶更是极力劝阻，就差冲到学校把娜娜抓回来，她嚷嚷着说，这么多年养这么大，一点用没有啊。外婆依旧支持娜娜说，好好读书，一直读下去，你奶奶敢来抓你，我就去抓你奶奶。

我听了之后，抓着试题说，娜娜的奶奶真猛啊。

外婆说，那我呢？

我说，不敢说。

外婆说，你不说是吧？

我说，求真务实，勇于创新。

外婆说，什么意思？

我说，我们学校的校训。

外婆说，什么叫校训？

我说，就是学校里除了校名，你看到的最大的那几个字。

外婆若有所思地点点头说，那说明我不错啊。

我也是若有所思地点点头。

[5]

随着年龄的增长，娜娜来外婆小吃店的次数越来越少了。高三的时候偶尔过来一次，会和外婆聊聊她以后想读哪个大学、读什么专业，外婆对这些似懂非懂，也记不太住。唯一能记得住的就是娜娜说过的城市名字，上海、北京、武汉、深圳。

外婆说，娜娜，你以后要去那么远的地方了呀。

娜娜说，对啊，去外地上大学。

外婆说，那读完大学还回来吗？

娜娜像小时候一样笑笑说，都还没高考呢，还没想那么远，有可能回来，有可能不回来。

外婆哦了一声说，那我给你做几个菜吧。

娜娜说，不用了，我马上就要回学校了。

外婆说，今天周六呀。

娜娜说，晚上还要夜自习，我今天还是请假出来的。

外婆说，请假来看我吗？

娜娜说，是的，顺便看看奶奶，她也生病了，在医院。

外婆若有所思了一会儿说，你好好读书，你奶奶我会去看她的。

娜娜在全身心备战高考，而我因为不努力学习，就和外婆去了一趟镇上的医院，我们找到了娜娜的奶奶，外婆拎着一袋自己买的水果说，你家孙女买的。

娜娜的奶奶也已经很老了，看了外婆一眼，似乎没听清楚什么。

外婆又大声说了一遍，你孙女买的，让我来看你。

护士忙过来提醒，小声点，小声点，病人需要休息。

外婆坐在娜娜奶奶身边，削起了苹果，边削边说，你的孙女啊，真的是天下最好的孙女了，什么事情都记得你，你对她的坏她全部不记得，你对她的好她全部记得。然后停止削苹果的动作说，哦，对了，你有没有对她好过，好像没有哦，你看，她还是对你这么好，你知道吧，她以后要去那个什么上海、北京了，多有出息，你去过吗？还有啊，我跟你说……

外婆说到这里，突然发现娜娜奶奶已经盯着自己很久了，眼睛里有眼泪流出来。外婆把苹果递过去说，你吃吧。

娜娜奶奶微微摇头，然后眼含泪水看着外婆。

我拍拍她的肩膀说，奶奶别哭啊，别哭别哭。

娜娜奶奶就哭得更厉害了，我继续轻拍着她的肩说，没事没事，到时候出去吃一顿好吃的。

外婆说，给她拿纸巾啊，你当你安慰你兄弟呢。

外婆削完苹果，自己咬了一块苹果说，哦，你吃不了了，也动不了了，想娜娜吗？

娜娜奶奶吃力地点点头。

外婆说，想她干吗呢，不会又是欺负她吧？

娜娜奶奶闭上了眼睛，两行泪水顺着脸颊流了下来。

我说，哎哎哎，怎么又哭了，奶奶你得结膜炎了吗？

外婆一把拉过我说，都高中了，怎么还没有学会说话呢？

我说，高中每天忙着做试题，哪有时间学说话。

外婆给她擦掉眼泪说，好好休息吧。接着又摸出三百块塞到娜娜奶奶手里说，哦，对了，娜娜让我把这三百块给你，到时候你记得给你老头子，别问娜娜钱怎么来的，据我所知是路上捡的，上天长眼，好人有好报，再见。

[6]

娜娜再一次来外婆的小吃店时，高考已经过去了很久。外婆特意做了一桌好吃的招待娜娜，顺便也叫上了我。这一顿有椒盐排骨、珍珠肉丸、煎烧青鱼、香椿芽拌豆腐、酸萝卜泡菜鱼等。

娜娜像小时候那样露出小酒窝说，真的是回家的感觉。

外婆说，想好去哪里上大学了吗？

娜娜说，9月份就要去北京念书了。

外婆一惊说，哦，这么快，今天是几号？

娜娜说，还有半个月。

外婆若有所想地点点头说，半个月，好、好。

娜娜问我，你去哪里读大学？

我说，没考好，留在原地吧。

外婆说，他呀，从小就在原地了，到时候继承我这家小吃店吧。

我说，我有这么惨吗？

外婆说，百年老店给你继承不好吗？

娜娜给外婆盛了一碗酸萝卜泡菜鱼汤。

外婆接过碗说，好，北京好啊，北京的金山上光芒照四方。

我喝着汤说，你能不能别说那么古老的话。

外婆说，哪古老了？这可都是我年轻时候说的话。

娜娜笑着说，外婆，喝汤吧。

那一晚，外婆和娜娜聊了很多，外婆心里有点伤感，但还是边喝汤边说，长大了是要去外面的，要去外面的世界看看哪。

临走的时候，外婆说，有空记得回来看看，也看看你爷爷奶奶，对爸爸妈妈弟弟都要好，毕竟，都是家人，如果他们对你不好，你也对他们不好，那就一直好不了了。末了又想了想说，如果你对他们好，他们还是对你不好，那你就再来找我。

娜娜说，外婆，你的小吃店打算开到什么时候呢？

外婆说，开到开不动了为止呀，随时等着你回来。

我靠着门说，放心，还有我在呢，百年传承人。

娜娜扑哧一笑，又露出两只灿烂的小酒窝。

后来，娜娜回来过两次，每次来小吃店就像回家一样拎着大包小包。2016年，外婆突发急性肠胃炎住进了医院，小吃店也关了几天。

有一天在医院里，有一个二十几岁的小伙子拎着水果过来，看了一眼床头的名字说，外婆，你还好吗？

外婆正戴着老花镜看着报纸，看了一眼说，叫我？

小伙子说，对啊，小吃店的外婆。

外婆把老花镜一摘说，我不认识你啊。

小伙子说，我是娜娜的弟弟。

外婆诧异地支起身子说，弟弟？就是那个爷爷奶奶宠得不行的弟弟……

小伙子尴尬地笑了笑，他告诉外婆，娜娜已经工作了，当了老师，自从自己懂事起，姐姐就一直讲外婆和她之间的故事。娜娜一直告诉弟弟，没有小吃店的外婆，自己的人生可能会是另一种样子。他还告诉外婆，他和娜娜的感情很好，小时候奶奶重男轻女，自己也没办法选择。

外婆看着窗外说，一家人好就好。

小伙子说，我姐姐要结婚了，最近有点忙，她说她会来给你送糖，邀请你去参加她的婚礼。

外婆说，太远了，我已经走不动了。

[7]

外婆出院后，小吃店照常开张，有一天在后院突然听到噼里啪啦一声，猫狗追逐的时候，把两只花瓶打碎了。外婆走过去，发现泥土里竟然掉出几只很小的玻璃瓶，一一打开看，分别写着：快乐、幸福、友爱、互助、外婆、娜娜……

外婆突然想起某一天，娜娜问她把希望、快乐种下去，是不是也会越长越多，想起阿杰送她装糖果用的玻璃瓶，想起娜娜总在后院里玩耍……

此刻在离小吃店两千多公里外的北方，娜娜正在讲台上给自己的新生上第一堂课，她说，我希望你们都能够快乐、幸福地度过这段岁月，在此期间要友爱、互助，我给你们讲一个真实的小故事，从前有一个小姑娘叫娜娜……

那一年，夏末的时候，小吃店内灯光温暖，外婆站在后院里，周围依旧有夏季的蝉鸣声，就像十几年前娜娜的笑声一样，头顶的星空依旧，仿佛时间还停留在外婆教娜娜认牛郎星、织女星的时刻，而小吃店内，那张带有拼接痕迹的奖状还挂在最显眼的位置。

外婆走过去，用手擦了擦奖状上的灰尘，关掉灯，就像一场旧剧落幕，日月睽违，天各一方。

Chapter 02

像三毛一样流浪的少年

[1]

最好的包子呢，是色白，面柔，料实。肉馅，紧实不腻，口感自然。素馅，味爽清淡，香鲜一体。至于煎饺呢，要金黄脆香，外焦里嫩，底部糊点蛋卷，上面撒点芝麻……

外婆边在灶头忙活着，边和小吃店的人说着。

我听着外婆的话，感觉比吃着的味道还要好，口水禁不住就要流下来了。

于是我迫不及待地问外婆，包子煎饺好了没呀？

外婆摆摆手说，一边等着去。

于是我就一直盯着灶头，不停地咽着口水。

外婆看见一个可爱的小孩就顺手拿出一只包子说，来，来，送你一个。看见另一个小孩就铲起两只煎饺说，来，来，尝两个，不要钱。

我说，怎么给别人你就拿出来了，我等了半天都没好。

外婆说，别人的是别人的，你的是你的。

我说，那我的呢？还没熟吗？

外婆用手擦了擦围裙说，还没包呢。

我瞬间垂着眼皮说，肉是不是还没买呢？

外婆摸摸我的头说，呀，真乖啊，都知道我要说什么了。

我看见外婆时不时看见一个小孩就送一只包子，就说，你老这样免费送，小吃店要亏死了。

外婆说，还能亏上天啊。

我说，有可能。

外婆说，人死了才能上天，送点吃的还能送上天啊。

我说，不是每个人死了都能上天，送吃的人死了才能上天。

外婆说，这话就对了。然后拿着铲子说，小赤佬，怎么说话的，咒我死？

我说，我是说你善良。

外婆说，还有呢？

我说，还有，我想吃西瓜。

外婆说，要吃块西瓜，还这么多废话。

外婆立即刀起刀落噼里啪啦，瞬间一只西瓜碎成三四块，西瓜汁溅了我一脸，西瓜籽已经蹦到我嘴里。然后她捧着一块笑呵呵地说，来，今年夏天最后一只西瓜了，一边吃去吧。此时的我朝地上吐出两粒西瓜籽，应了一声，哦。

[2]

除了我，三毛是在小吃店吃免费餐最多的人。

那一天，九岁的三毛在村庄里被一辆自行车晃倒了，骑车的人要送他去医院。

他连忙说，别别别，把我送到小吃店就好。

那人用自行车把三毛驮到小吃店。

在店门口三毛病怏怏地说，五只生煎包，一碗牛肉粉丝汤。然后看了那人一眼，那人说，行，多少钱?

外婆说，不用钱。

三毛忽然从后座跳下来挥挥手说，好了，你走吧，没事了。

三毛狼吞虎咽地吃着，全然不顾膝盖上的伤口。

外婆一边给三毛擦着红花油，一边说，小呆头啊，慢慢吃啊。

三毛每次来小吃店都是如下情景。

一进门问，生煎包子有吗?

外婆说，有。

虾仁炒米粉有吗?

外婆说，有。

萝卜猪骨汤有吗?

外婆说，有。

三毛就全部来一份，吃完打个饱嗝说，钱没有，欠着可以吗?

外婆说，可以。

有一次三毛白吃完又走了，我一把上去拉住他，大声一喊，给钱!

三毛已经习惯了不付钱，对我这突如其来的行为不知所措。

我说，不付钱就不能走。

三毛被我说得一愣一愣的，但我依旧紧紧抓着他的衣领不放。

三毛就开始拼命挣扎反抗。最后我和三毛在地上翻滚了好几圈，一直滚到了小吃店的外面。

外婆拿着勺子赶过来说，开始武术表演了啊。

我站起来指着三毛说，吃东西不付钱就是强盗、流氓、小偷。

外婆在我面前挥了下大勺子说，别乱说，进来扫地！

三毛看着我说，你不是也不用付钱吗？

我说，那是因为这是我外婆。

三毛无辜地说，这也是我的外婆。

我看着外婆说，啊？是吗？

外婆拉着我说，是啊，当然是啊。

我一脸呆呆的。外婆把我拎到小吃店里，塞给我一把扫把说，给我扫干净点。

我看地上什么都没有，于是就在一尘不染的小吃店内，拿着扫把晃啊晃。最后就一个人玩起了扫把。

一个人贫穷的童年里，如果有一家你想吃的东西全都有，但都不用付钱的小吃店，那这家小吃店大概会成为这个人心里一辈子的光明之地吧。

我纳闷地问外婆，三毛吃饭不用付钱吗？

外婆煎着生煎说，吃饭一定要付钱？

我说，钱没有也可以吃饭？

外婆继续煎着包子说，他连爸爸都没有，妈妈也没有。

我说，那他怎么长大的？

外婆指着煎包说，靠这个呀。然后盖上锅盖说，哦，对了，还有一个奶奶，比我还大。

我说，奶奶在哪里呢？

外婆说，在家里躺着呢。说完盛起几只热气腾腾的煎包说，我出去一趟，你给我好好管着店啊。

我说，你去哪儿？

外婆拿着碗说，给三毛奶奶送包子去。

我说，也不用钱吗？

外婆拿起一只煎包塞到我嘴里说，钱钱钱，不许提钱。然后走到门口又朝着我喊，给我看好了，少一只包子我让你赔钱。

我心想，赔钱？好呀。

于是，我咕咚咕咚一个人连吃了好几只包子，吃到饱嗝连连才罢休。一想到外婆要让我赔钱，但是我又没钱，她又拿我没办法的样子，就觉得特别得意。

外婆回来后，摸索了会儿，看了看蒸笼里的包子，然后拿出一个说，给你吃吧。

我又突然打了一个饱嗝说，不要吃了。

我心想，竟然没有发现包子少了三个。

我说，刚才一个人，拿走了三个包子，没有付钱。

外婆说，谁啊？

我说，不认识。

外婆说，那个人是你自己吧？

我一惊说，啊？

外婆说，你看你打着嗝，嘴巴还油腻腻的，下巴的菜叶还在呢。

我忙摸了一把下巴说，我吃的是肉包呀。然后突然发现，下巴并没有菜叶。

外婆笑笑说，你看，这个人就是你自己吧。

于是我只能再次拿起扫把，不停地扫啊扫，边扫边想心事。外婆在那边喊，怎么扫着扫着去扫大街了呢？

我一抬头，发现已经拿着扫把走出了小吃店，外面夕阳很美，里面外婆正在慢慢地准备晚饭，香味阵阵，温暖诱人。

夏天快结束的时候，我和外婆看见三毛站在村里的熟食店门口，穿着一件和我外婆给我买的一模一样的小熊长袖，眼睛直愣愣地盯着香喷喷的烤鸡。

老板说，别看啦，没钱就别站在这里啦。

外婆马上过去说，有钱有钱。

然后她买了半只烤鸡给三毛说，赶紧拿回去和奶奶一起趁热吃了。

这个时候我又一把抓住三毛说，你这衣服怎么和我一模一样。

三毛捧着半只烤鸡说，我爸爸妈妈给我买的。

我说，你没有爸爸，也没有妈妈啊。

外婆一把将我的嘴捂住，我就手舞足蹈地不停呜呜呜。

外婆松开手说，叫你乱说，

我抹了一把嘴说，我也要吃烤鸡。

外婆说，没有了。

我瞪着眼睛说，烤鸡店里还有这么多的烤鸡啊。

外婆说，钱没有了。

我说，那三毛的给我吃吧。

外婆说，三毛的是三毛的，你的是你的。

外婆拉着三毛转身就走了。

我就在他们的身后喊，那就给我吃半只吧，那就一只鸡腿吧，一块鸡肉行不行啊？鸡皮呢，也没有吗？

我踹了一脚烤鸡店铺的柜子，老板叼着烟出来说，哎哎哎，要赔钱的知道不?

我说，呸。然后一溜烟就跑了。

我回到小吃店。我和外婆说，三毛的衣服和我一模一样。

外婆说，哦，我把你的送给他穿了。

外婆边当当当切肉边说，你看他那衣服都破成什么样了，再不换天气凉了要冻死了。

外婆见我一脸呆呆的，又使劲揉着面团说，没事，你衣服多的是，对了，晚上想吃什么?

我说，天上的月亮。

外婆拿着菜刀说，给我好好说话啊。

我说，三毛不是想吃什么就有什么吗?

外婆说，那是因为三毛什么也没有。

[3]

日子就这么一天天过去，每个人都有了自己的英雄与梦想。

那一天，三毛在小吃店抹了一把嘴，坚定又认真地说，我要成为像罗纳尔多一样的人。

外婆听了很高兴，毕竟以前的三毛吃完都是小声地说，没有钱。然后就默默地走了。

虽然外婆第一次听到罗纳尔多这个名字，但是能从三毛充满底气的声音里感受到三毛长大了。

外婆用赞许的语气问，罗纳尔多是谁呀?

三毛说，踢足球的，我也要成为足球运动员。

外婆虽然对这个行业不太了解，但依旧摸摸三毛的头说，好的，加油。

三毛没有足球，没有球衣，也没有球鞋，虽然罗纳尔多小时候也什么都没有，但是罗纳尔多没有的三毛没有，罗纳尔多有的三毛依旧没有。

三毛还告诉外婆，如果有一天成为罗纳尔多一样的足球运动员，他吃饭就再也不用欠着了，还能给外婆和自己的奶奶买好多的东西，而且一定要来小吃店好好庆祝一下。

外婆听了三毛的话非常感动，没过几天就把球衣、球鞋和足球全部买好了。

于是我就偷偷把衣服和鞋子拿来试穿了一下，这衣服和鞋子简直太帅了，虽然我不会踢足球，但是这球拿在手里也比扫把好玩多了啊，然后我赶紧脱下，又偷偷把球衣、球鞋和足球悄悄藏到了床底下，最后假装什么都没有发生过。

过了两天，三毛穿着球衣、球鞋，捧着足球出现在小吃店。三毛拿着球第一次认真地说，谢谢你帮我。

外婆依旧淡定地煎着煎包说，我不是帮你呀，是为了你早日吃饭不用欠钱。

三毛尴尬地笑笑说，我不会白吃了。

外婆转过身笑笑说，这里就是你的家，尽管白吃，但是呀，以后你长大出去了，没有人可以给你白吃饭的。

我看得一脸惊呆，半只包子卡在嘴巴，愣是没有吃下去，过了半天拉住三毛说，你这衣服、鞋子和球，哪儿来的？

三毛说，外婆给我买的。

我一骨碌跑回房间，钻到床底下，摸索了会儿，发现球衣、球鞋和足球竟然全都在，且位置都没有变动过。

我听见脚步声，立马把东西用力一塞，从床底下钻出来。

我站起来，看见外婆走了过来，还没来得及说话，那只足球就慢悠悠地从床底下滚了出来。

外婆捡起足球给我说，你也喜欢“那耳朵”吗？

我说，是罗纳尔多。

外婆说，不用藏着，去拿出来吧，这都是你的。

于是我又钻到床底下。我在黑暗里摸索着，其实我不喜欢足球也不喜欢罗纳尔多，只是觉得三毛有了我也应该有。

我钻出来的时候，外婆给我擦了擦手和脸说，我怎么不知道你也喜欢这个呢？

我捧着球衣、球鞋和足球说，一直都是喜欢的。

外婆说，你不是天天除了看动画片，就是捣乱，还有吃吃吃吗？

我假装深沉地说，那说明我藏得很好很深。

外婆说，你不就藏床底下吗？还能藏哪儿？

我立刻跑出房间说，我去扫地了。

那一阵子，三毛努力练球，几乎球不离身，来外婆的小吃店也是带着足球。而我也是每天拿着球用手掂两下，然后穿着球衣、球鞋，在小吃店里晃荡。

外婆说，学得怎么样了？

三毛一边吞着包子一边说，快了，马上和罗纳尔多差不多了。

我说，我……也快了吧。

等我说完，三毛还给外婆展示了几下，在不大的小吃店内凌空一脚，结果把正前方桌子上的两个碗打碎了。

外婆拿过扫把，一边扫着一边说，欠着吧，欠着吧。

三毛抱着足球说，我一定会赔的。说完就一溜烟跑出去了。

我捧着足球说，你看，这什么技术啊，你要不看看我的吧。

外婆说，别别别，我知道你的厉害。

我把足球放到脚边说，不行，我一定要让你看看我比三毛厉害。

外婆见状赶紧把桌子上的碗筷全部拿光了，然后看着我说，你轻点啊。

我说，你不相信我啊。说完就用力一脚，那球迅速越过桌子飞向墙面，然后猛地反弹，直接击中了我的脸。

我呆了三秒，外婆跑过来，拿着毛巾帮我擦了擦说，哦哟，可怜可怜啊，没事没事，不哭啊。

我摸了摸自己的脸说，别……我再来一次，这叫回……回旋踢，你知道吗？

外婆搂着我说，知道知道，别来了。

我说，三毛绝对踢不出来这样的，他只能把碗踢坏了，我能……

外婆说，你能把自己给踢坏了。

这一年冬天，过年前夕，外婆做了一大桌菜。有红烧肉、糖醋排骨、锅塌豆腐、芦笋炒虾仁、海带枸杞筒骨汤等。这天下午，外婆将店门提前关了，然后把这些菜另外弄了一份打包好说，走，帮我拎着。

我说，去三毛家里吗？

外婆说，对，给三毛和他奶奶吃。

三毛奶奶一年当中有大部分时间卧在床上，偶尔出来走两步晒晒太阳，也没什么亲人。在昏暗的屋内，外婆把菜摆了一桌，瞬间就有了年味。三毛奶奶喃喃地说，这不能白吃不能白吃呀。

外婆还塞给三毛一把钱说，拿着，到时候去买鞭炮，放起来。

三毛奶奶说，不能拿，不能拿。

说着拿过钱递给外婆。外婆没有伸手，但我伸出了手。外婆一把打掉我的手说，把这里的地给我扫扫。

外婆说，快过年了，不能冷冷清清的，噼噼啪啪要响起来。

有时候，使人感到难过的并不是穷，而是对穷的态度。外婆经常说，有钱没钱，首先态度要好，态度好的人生活不会太难过。你看，我也不是很有钱啊，但是态度好。

那个晚上我问外婆，三毛和奶奶靠什么赚钱？

外婆边给我夹菜边说，前几年三毛奶奶就靠捡垃圾，现在好像捡不动了。

我说，那现在没有钱了。

外婆指指门外说，门口垃圾袋里能卖钱的都算三毛奶奶的。

我说，这不是算你的吗？

外婆使劲夹菜说，这算我替她收的。

这一年外婆的小吃店开得热热闹闹，但是一年下来并没有赚什么钱。从做生意的角度来说，成本控制得太差，从来没有算过白送一只包子需要卖几只包子才能赚回来。

我用仅有的小学算数能力和外婆算起这笔账的时候，外婆在灯光下津津有味地啃着糖醋排骨说，我要是这么会算，就不会开小吃店了，要去开五星大饭店了。

[4]

我突然想起一件事，对外婆说，你还记得刚开业的时候，店里小笼包少了一笼吗？

外婆说，记得啊。

我说，我觉得应该是三毛偷的。

外婆喝了一口浓汤说，知道，我看见的。

我说，你不是说你在睡觉吗？

外婆说，假装睡觉嘛，难道我要把他抓走啊。

我说，偷东西是违法的。

外婆说，这是我送他的。

那是一个昏睡的午后，外婆在小吃店打盹，三毛蹑手蹑脚进了外婆的小吃店，偷了五只小笼包，见外婆没有反应，又偷了五只装进口袋里。外婆眯着眼假装没发现，心想，回家记得热一下再吃呀。西斜的阳光照进外婆的小吃店，外婆在假装打盹，三毛瘦小的身影从外婆的小吃店轻盈而出，一切都很安静，静谧中带着岁月的些许匆忙，有些人就这样，偷走了包子，偷走了岁月。

那几年里，我和三毛都在迅速长大。这在三毛身上特别明显，除了起初对足球的热爱，后来他来小吃店吃东西再也不欠钱了，而且变得有点害羞。

有一天，三毛吃完问，一共多少钱？

外婆一愣说，没事，欠着吧。

三毛掏出一叠纸币说，你算一下多少钱？

外婆说，一共六块钱。

三毛递给外婆一张十元的纸币，外婆迟疑了一下说，外面那些易拉罐我帮你奶奶卖了十二块，这样扣掉吃的六块，我再给你六块。

三毛愣着接过外婆递过来的六块钱说，是这样算的吗？

外婆说，这笔账再清楚不过了。

这时候我一脸严肃地说，等等，让我再算算。

外婆说，你数学考试都没及格，算什么算。

三毛握着钱说，我不能白吃东西，奶奶说了，白吃的话要打断我的腿的。

外婆说，那当然，账有一笔算一笔。

我又严肃地插话道，要是白吃就把腿打断的话，你就是蜈蚣，腿也全断光了。

外婆说，你再说，我打断你的腿啊。

我将腿一把搁到桌子上说，来，打断，去做包子吧。然后我哎哟一声，一阵酸痛，瞬间就不会动了。

外婆和三毛把我扶到凳子上坐着，我说，完了，会不会是骨头断了。

外婆东摸摸西摸摸，然后拿来了红花油，边涂边问我疼不疼。我不停地说，疼疼疼疼疼疼疼疼疼疼疼疼疼疼疼。最后一声，啊——

外婆说，怎么了？

我说，咬到舌头了。

外婆说，晚上休息一下，明天还疼就去医院看看。

于是我一直躺倒睡着，第二天醒来，已经毫无痛觉，外婆拿着一杯水过来，问我怎么样了，我咝了一声。

外婆说，还疼啊？

我说，疼啊。

外婆说，你等着，我一会儿送你去医院。

我一听到医院，脑子里就想到那些针头管子，于是说，不用不用，再躺几天就好了。

外婆说，这样不行，不能拖，我打电话叫救护车。

我一听还要叫救护车，一把拉住外婆说，别去啊。

外婆甩开我就走，我立即跳下床，一个箭步冲到外婆后面，抱住大腿说，不要去医院啊。

外婆说，不疼了吗？

我一脸淡定地说，刚好的。

外婆戳戳我的脑袋说，这里还没好。

那段时间，外婆开发了新产品，素食包子。她将黑木耳、杏鲍菇、青菜、香干全部捣碎，然后加入鸡蛋、葱、姜、末，这样的素包子美味又不油腻。新品出笼，外婆也不忘给三毛奶奶送点过去。那天傍晚，三毛奶奶吃力地握着外婆的手说，不要送了。然后说，上次三毛摔破了碗，赔钱了吗？

外婆点点头说，你怎么知道，给了给了。

我摇摇头说，没给没给。

外婆说，不要理他。

三毛奶奶说，他自己说的，一定赔。然后她掏出一把皱巴巴的纸币说，肯定没赔，这个钱我先给你。

外婆一把将钱塞了回去说，三毛人呢？

奶奶说，我让他捡垃圾去了，人一定要靠自己的劳动赚钱。

外婆顺便帮三毛奶奶收拾了一下屋子，并且告诉三毛奶奶，三毛还小，有什么困难可以来找我。然后她看见一只瘪了气的足球说，现在这个球不练了？

三毛奶奶慢吞吞吃着素食包说，这么大人了，还玩什么玩。

我听了连连点头说，是啊，我早就不玩了。

外婆听了这话，就将干瘪的足球偷偷揣在了怀里。

起初，这个世界上每一个少年都会有一个美好的梦想，但是每一个美好的梦想最终都会被生活磨得不成样子，只是三毛这个美好的梦想消失得像流星一样迅速。人一旦失去这些美好梦想的支撑，只能背起现实的蛇皮袋，去尽力捡起今天生存所需的垃圾。

[5]

这一天，到了晚上七点多，三毛还没有回家。外婆让奶奶不要着急，自己则出门去找三毛。

我对外婆说，外面冷啊，还是我去吧。

外婆说，你丢了我还得找你呢。

我说，我丢了你就少做几只包子。

外婆说，小赤佬，你丢了我整个心都没了。

我说，我这么重要，那还是你去吧。

外婆说，那你在家里好好待着啊。

我说，还是我和你一起去吧。

外婆说，一起去干什么呢？

我说，找到他我先打他一顿再说。

外婆手指戳着我的脑袋说，小赤佬。

我和外婆将整个村庄都找遍了，也未见三毛的影子。天气转冷，外婆有点焦急，沿路找了一个多小时。晚上九点多的时候，在镇上找到了三毛。三毛为了等小饭馆打烊之后收点垃圾，竟然等着等着就在旁边的角落睡着了。

我走过去猛地一推他说，三毛啊，你怎么在这里啊？

外婆一把拉开我说，扛垃圾袋去。

外婆说，三毛就奶奶一个亲人，奶奶腿脚又不便，要是我也不去找，这睡一夜腿脚都要结冰了。

这之后外婆想了想，就让三毛来小吃店里帮忙。说是帮忙，其实就是让三毛有空的时候来店里吃个饭或者和我玩玩，然后固定给他一笔很小的零花钱。三毛还很正儿八经地经常帮外婆端盘洗碗，并且有模有样地学习怎么煎包子。

其间，我还是在拖地、洗碗、擦桌子，然后帮着各种倒忙。

三毛的同学看到之后，也跑到小吃店来，嚷嚷着要来外婆的小吃店帮忙，外婆总是大手一挥说，乖，回家找你们的爸妈去。

后来有几个同学来小吃店买包子的时候，总会在付钱的时候说，你怎么不捡垃圾啦，你爸爸妈妈呢？说完就大笑起来。

外婆在围裙上擦擦手，一脸严肃地说，不许再说了啊，再说以后都不要来我这里吃东西了啊。

有个男生还理直气壮地说，没有爸妈的人捡垃圾，我们没有说错。

外婆一把揪住他说，小赤佬，还想不想吃包子了？

那男生说，想。

我于是立刻将一只包子塞到了那个男生嘴里。

外婆立即松手说，你干吗？

我说，让他尝尝包子的味道。

外婆说，万一气堵住了，怎么办？

我说，我不是帮着你教训他吗？

外婆说，我一会儿教训你。

三毛奶奶得知三毛在小吃店帮忙后，踉踉跄跄走到小吃店里来说，赶紧回去，不要在这里添乱了。

我告诉三毛奶奶，不要紧的，我在这里都已经添了好几年乱了。

外婆说，是是是，多一个不多啊。

外婆告诉三毛奶奶，三毛年纪这么小就不要捡垃圾了，你年纪这么大了也不要捡垃圾了，就现在这样吧，挺好的。

说完又随手给了三毛奶奶两只包子，三毛奶奶拿着包子说，哟哟，这可怎么办？

有一天三毛灰头土脸地来小吃店，衣服都破了。外婆问他怎么了，他支支吾吾地说踢球踢的。其实是那几位男生用各种垃圾塞满了他的课桌，然后嘲笑他没有爸爸妈妈，只能捡垃圾，于是打了起来，结果被揍了一顿。外婆得知这件事情后非常生气，花了很大力气，把那几个男生叫到了小吃店，关上门训了一顿。

打开门之前，外婆表情严肃地说，记住了啊，以后再这样，全部把你们做成包子啊。

那几个男生走出门外，其中一个低年级男生呆呆地看着外婆。

外婆说，做成包子，听见了没有？

那个男生说，外婆，我也没有妈妈。

外婆听了，立刻转身，给了他两只肉包，然后摸着他的头说，乖，拿着吃，坏人变包子，好人吃包子，走吧。

[6]

2004年的一天，三毛在外婆的小吃店里要了一碗牛肉面、两只鲜肉包，外加一碗鲜肉小馄饨，吃完给了外婆五十元钱。

外婆说，这给的也太多了。

正在吃馄饨的我一抬头说，三毛，发财了吗？

三毛说，这是我最后一次来了。

外婆说，怎么了？不来吃了？

三毛说，我要当兵去了。

外婆愣了一下，突然像中奖了一样高兴说，太好了，实在太好了，这顿算我请你吃。

三毛说，你已经请我太多了。

外婆说，不多不多，去当兵好好表现，也要好好照顾自己啊。

我说，祝贺祝贺啊，当兵不错，保家卫国，这顿就不要付了，算我请你的。

外婆说，到底是你请的还是我请的?

我说，我请的，钱先欠着。

三毛出发的那一天，外婆还特意煮了好几个茶叶蛋，让三毛带着路上吃。三毛说，部队里有规定不能带吃的。外婆说，对对对，规矩要遵守。然后又摸出两百块钱说，这个总可以带着吧。

三毛极力拒绝说，外婆，我要走了，以后回来看你。

外婆看着三毛的背影，手中飘着两百块钱，好久才反应过来，原来三毛这次真正地变成大人了，而今天开始店里也少了一位顾客。

我和三毛一起长大，看着三毛的背影，也是感慨万千，突然手中就多了两只茶叶蛋。

外婆说，拿着吃吧。

我说，唉，又是三毛不要的给我了。

外婆又从我手中夺走了茶叶蛋说，那还给我吧。

我说，时间过得真快啊。

外婆说，是啊，你以后考上大学了也要去别的地方的，也要走的。

我说，走了我又会回来的。

外婆说，回来了又会走的。

我说，又会回来的。

外婆说，还有完没完了?

三毛去当兵了，我读书也更忙了，并不是时刻在外婆的小吃店里。2005年的春节前夕，外婆还是按照每年的惯例给我做了一桌好吃的。这次有小炒牛肉、冰糖甲鱼、蜜汁鸡翅、葱油海蜇等。开吃之前我说，来来来，这次我帮你打包吧，三毛奶奶估计都等着了。

外婆给我盛了一碗饭说，三毛奶奶已经去世了。

我捧着饭碗愣了几秒。

外婆拿起筷子说，吃吧，前段时间的事情了，三毛也回来过了。

我吃着菜感慨道，人生无常啊。

外婆将一块鸡翅夹给我说，这算什么无常，年纪大了去世，也很正常了。

我扒着饭说，那倒也是。

外婆又将一块鸡翅夹到我碗里说，趁我还会做，多吃点。

我啃着鸡翅说，不要因为三毛奶奶去世多想啊，小吃店还没成为百年老店呢。

外婆听了哈哈一笑说，不会多想不会多想，只会多吃。

我问过外婆为什么要这样帮助三毛。外婆说，三毛从小爸爸就去世了，妈妈改嫁远方，要不是奶奶还在，就要成为孤儿了。外婆还说，别看他奶奶年纪大了行动不便，年轻时候可能干了，那时候我还小，也非常照顾我，天地轮回，知恩图报嘛。

[7]

后来我一直没有再见过三毛，我问外婆，三毛去哪里了？

外婆说，我也没有见到过他。

外婆听村庄里的人说他退伍后就去了福建，在一个餐饮公司上班，后来老板跑路，他又去了广东。

2011年的一天，外婆的小吃店照常营业，一位小伙子走进店里，掏出一只信封给外婆。

那位小伙子说，三毛让我带来的，他现在在广东的一家建筑公司上班。

外婆惊讶地拆开信封，发现是几千块现金。

外婆说，他现在还好吧？

那人说，好，就是腿被轧断了，和公司出现了一点纠纷，可能以后会站不起来。

小伙子说这话的时候叹了口气，外婆虽然很多年没有见过三毛了，但是听了这话还是不知所措。

外婆看看信封又看看钱说，你是和他一起上班的？

小伙子说，是的，以前是隔壁村的。

外婆说，哦，倒是没有见过你。

小伙子说，见过的，小时候你说，坏人变包子，好人吃包子。

外婆略微诧异地看着他。

小伙子微微一笑说，我就是那个也没有妈妈的人，小时候被你教训了一顿。

外婆拿着钱一时不知道说什么，好像一切又回到了十多年前。外婆握着小伙子的手说，那有空的话，你让他回村里看看。

小伙子说，我们回来也没有亲人，就像在外面一样。他顿了顿说，三毛可能还有你。

很多事情外婆也是无能为力，她只能煎着包子淡淡地说，有什么困难，可以来找我。

后来，外婆将那只当初给三毛买的干瘪足球找了出来，充满气，挂在了小吃店的墙上。外面有温暖的阳光斜照进来，照在这只足球上，周围也有像曾经的三毛一样大小的孩子进进出出，只是有些人早已离开了这里，不知道他们以后会过得怎么样，还会不会回来。

至少，在那些岁月里，小吃店的每一缕光都曾温暖过一个天真贫苦的少年，让他在最初面对这个世界的时候，没有仓皇，没有惊扰。

Chapter 03
最孤独的音乐会

[1]

黄昏的时候，我在小吃店看《哆啦A梦》，机器猫正要变出什么东西的时候，正德就在小吃店的门边咿咿呀呀拉起了二胡。我经常看着各种动画片，背景音乐却是正德的二胡声。

于是我说，再拉，我就泼水啦。

正德边拉边说，又不是拉屎，泼什么水。

我拿起一个脸盆，外婆一把拉住我说，哎哎哎，你听话，晚上给你做糖醋排骨。

一听到可以吃糖醋排骨，我马上收住了脸盆。

外婆说，好听吗？

我立即鼓掌说，哇啊，太好听了，好听死了，好听得妈妈也不要了啊。

正德停下二胡说，小赤佬，能不能安静点。

一听正德叫我小赤佬，于是我加大动画片的音量，这边正德的二胡声噔噔噔，那边，啊，大雄啊，等等我啊。这边二胡声浪里个浪，那边，雷欧兄弟我来啦。

外婆说，你再这样，我要把电视卖了。

于是我只能关掉电视，静静地和外婆一起听正德拉二胡。

夕阳西下，昏黄空荡的小吃店内，回荡着正德旧旧的二胡声，不知道在拉什么。日后想起来可能是时光消磨的声音，吱呀吱呀，吱呀吱呀……

过了好久，外婆摸摸我的头说，好听吗？

我说，该做红烧肉了。

外婆说，过几天再做吧。

于是我又打开电视，那头立即传来响亮的声音，大头儿子，小头爸爸，一对好朋友，快乐父子俩……正德被这声音搞得措手不及，一把拉出了急刹车的声音，吱吱——

外婆扶着额头说，哦哟，头疼头疼，好了，明天停看一天动画片。

我说，大头儿子的故事不能落下的。

外婆说，大你个头，我给你讲吧。

晚上睡觉的时候，停电了，我热得有点睡不着。

我对外婆说，你提前给我讲讲大头儿子的故事吧。

外婆给我慢慢摇着扇子说，大头儿子呀，大呀么大头儿子啊，头呀么真大呀……

我说，外婆，你在讲什么呀？

外婆用扇子拍拍我的头说，在讲你呀，睡吧。

我说，正德为什么不在家里拉二胡呢？

外婆闭着眼睛说，家里没人听啊。

我说，店里也没人听啊。

外婆又用扇子轻轻拍了我一下说，你不是人吗，我不是人吗？

外婆最后迷迷糊糊地哼着旋律睡着了，就像白天吱呀吱呀的二胡声。

[2]

那一天上午，正德在小吃店的门边拉起了二胡。上午人多，在小吃店里进进出出，门口两边摆满了各种小摊。

起初，有一群人围观正德拉二胡，没多久就散去了一大半，再过会儿就一个人也没有了，且旁边猪肉摊阿三砰砰砰的斩肉声时不时淹没正德的二胡声。

只有我啃着包子看着正德，正德说，听出来我拉的是什么吗？

我说，听出来了。

正德开心地说，哟，拉的是什么？

我说，屎啊。

正德拿起二胡对着我说，没规矩，要好好教育啊。

猪肉阿三走了过来，给了正德几个硬币，用沙哑的声音说，拉得好。

正德抬头说，啥意思？跟你说，我不卖艺啊，拿回去。

此时，外婆掀开蒸笼盖，又一笼热气腾腾的包子出笼了。蒸笼前一下子围了好多人，正德放下二胡，赶紧去拿包子。

正德说，这包子啊，没得说。他站在蒸笼前边吃边让人猜刚才他拉的是什么曲子，大家都笑笑，眼睛只盯着包子。

正德说，都没听过吧，不要钱，免费吃，不，免费听啊，包子要钱的。

正德狼吞虎咽吃完转身一看，二胡不见了。立刻咋咋呼呼地喊，不好了不好了，小偷，抓小偷。

正德一喊，一下子又围过来许多人。

外婆撣撣围裙说，刚才还在的，怎么转眼就不见了。

正德看着围观的人说，你们都自己说啊，拿了二胡的赶紧还给我，不然我叫警察了。

猪肉阿三说，一个破二胡谁会拿？

正德一听说，什么叫破二胡？是不是你拿的，自觉点还给我。

猪肉阿三拿着菜刀说，我只拿菜刀。

正德皱着眉头说，奇怪了，你们还有谁会拉二胡？不会拉拿去干吗？能卖钱？

外婆说，别急，我帮你找找。

正德说，是我的二胡，你当然不急了。

外婆说，我比你还急，听不到你拉二胡，就像包子里没放肉。

正德一听说，这个评价高，评价高，

我说，没放肉，是馒头呢，比包子还好吃。

正德瞪着我说，小赤佬，再说一句。

那天傍晚，外婆在小吃店做晚饭。我站在院子里看了看那些花草，然后把花盆移开。

我突然一脸惊呆，我放在这里的二胡不见了。

怎么不到一天时间二胡就不见了？我本来想，拿走正德的二胡，以后就再也不用听他吱吱呀呀地拉了。

这一天晚上，外婆终于给我做了糖醋排骨。外婆给我夹了几块说，慢慢吃，不要咽着了。

我默默吃了几块，外婆说，好吃吗?

我说，上午的小偷是不是也来我们家了呀?

外婆说，哪来的小偷。

我说，偷正德二胡的那个小偷。

外婆说，小偷都偷金银财宝，偷二胡干吗?

我说，那正德的二胡谁拿的?

外婆说，二胡成精了，就自己长腿跑了。说完，她吃了一块红烧肉说，这个世界上啊，很多东西一不小心就容易成精，人也会成精。

我说，人成精变成了什么?

外婆说，人精啊。

我默默扒着饭，脑海里浮现出《西游记》的画面，狐狸精，蜘蛛精……

我说，这太可怕了。

外婆喝了一口紫菜汤说，花盆后面的二胡也成精跑了。

我呆呆地看着外婆。

外婆收起碗筷说，赶紧吃，吃完看《大头儿子小头爸爸》。

[3]

正德还会隔三岔五来小吃店门口拉二胡，基本上也没什么人听。

这一天，中午忙过，店内依旧空空荡荡。炎热的午后，我正在小吃店内练天马流星拳。

正德看了看我说，那我给你拉一个《智取威虎山》。

我听也听不懂，说，好的，拉吧。

于是我练习天马流星拳，正德就在旁边拉二胡。突然我双手朝他说，小宇宙爆发啦！

正德也加快了节奏，二胡声音急促有力。

我说，你怎么了？

正德说，配合你。

顿时，我的天马流星拳打出了乡间大戏的感觉。虽然我还小，但是我知道这拳完全打偏了。

我说，正德叔叔啊，停一下吧。

正德开心地说，呀，叫我叔叔了啊，真乖，今天怎么叫我叔叔了？

我说，因为我听不下去了。

正德白了我一眼，好啊，小赤佬，那我继续拉。

外婆忙完走了过来，说，那你喜欢听什么？

虽然我还是个孩子，但是20世纪90年代流行歌曲已经深入我心，尽管不能充分理解那些爱来爱去的歌曲，但是觉得好听。

我想了想说，喜欢听，《吻别》《情人》《最浪漫的事》《你怎么舍得我难过》……

外婆摸摸我的额头说，你才多大啊，情情爱爱的，来点传统文化，来，正德，给他拉一首《梁山伯与祝英台》，百年爱情……嗯，等等，正德，拉一首《祥林嫂》吧。

外面蝉噪声响起，就这样昏昏欲睡的午后，我在半睡半醒间听着正德拉着传统越剧名曲。

等我清醒的时候，小吃店内，多了一位客人，是阿五。阿五默默坐在角落，认真地看着正德拉二胡。

正德笑着说，再给你们来一段《打金枝》，听好了啊。

外婆点点头，聋哑人阿五也跟着外婆点点头。

[4]

我在一棵树底下看蓝天白云，热了就顶着一个芋艿叶，在外婆家的日子就是这么自由快乐。

不远处，正德吃力地骑着三轮车往桥的上坡蹬。

我跑过去说，以后不拉二胡了，我就帮你推。

正德没理我，下车吃力地用手拉着。

我说，那拉个流行歌曲也可以，我就帮你推。

正德吭哧吭哧拉上了桥说，你这点力气，推不推有啥区别，还想听流行歌曲呢，发育了没？说完他就跳上了三轮车。

我觉得我一定要让正德感受一下我的力气。于是在下坡的时候，我猛推正德的三轮车。

我这辈子都没有跑过这么快，正德在那边喊，哎哎哎，小赤佬，停停停，给我停啊，刹不住了，刹不住啦，给你拉流行歌曲啦……

砰，车头撞在一堵墙上。我马上风一样地跑开了。

晚上，我站在墙边，头上倒扣着一只脸盆。外婆说了，她没说，我就得这样站一晚上。

正德正在和外婆说着白天的事情。他说，我下桥的时候啊，这个小赤佬在后面拼命推，我刹车刹不住啊，就用两只脚一起刹，鞋底都没了。说着就拿出两只破鞋。

我一看，扑哧一笑，脸盆就掉了下来，咣当咣当在地上响了几声。

我捡脸盆的时候，抬头对正德说，我帮你补鞋子吧。

正德点点我的头说，你先补脑子吧。

我想把脸盆扣在正德的头上，但捡起来，还是扣在了自己的头上。

外婆摆摆手说，好了，拿下来吧。

我说，终于心疼我了。

外婆接过脸盆说，心疼脸盆啊，漆都敲没了。

外婆请正德吃了一顿晚饭，正德走了，留下一双破鞋。

我说，他不是拉二胡的吗？怎么还骑三轮车？

外婆拿起一只破鞋假装要扇我说，拉二胡能挣钱吗？你差点把人家的饭碗给砸了。

我说，他就靠骑三轮车挣钱吗？

外婆边洗碗边说，对啊，谁家要拉货，他就给人家拉货，我下午去他家，看到三轮车前轮都弯了，你说你呀。

听到轮子都弯了，我又忍不住笑出了声。

外婆说，不许笑啊，人家挣钱很辛苦的，每天骑来骑去，很累的，要是不骑的话，更不行，没有钱挣了，只能拉二胡了。

我说，果然拉二胡是他最惨的时候。

外婆擦了擦手，看了我一眼。

我说，也是我最惨的时候。

外婆解下围裙说，你在学校里都学了什么歌，唱给我听听。

我马上开腔，给我一杯忘情水，还我一夜不流泪，哎，哎。

外婆说，这是在学校学的？

我说，唱歌这件事哪会在学校里学呢。

外婆说，那学校里教了什么歌？

我就开始唱，起来，不愿做奴隶的人们，把我们的血肉组成我们新的长城……

小吃店昏黄的灯光下，外婆说，好听，这个好听。

[5]

秋天的时候，正德很长时间没来小吃店门口拉二胡了。

我对外婆说，正德一定在赚大钱了。

外婆说，打架受伤了，在养伤呢。

原来前段时间，正德在村口超市边拉二胡，旁边的人嫌烦，于是和他吵起来了。最后演变成打架，正德把二胡当作武器，一把砸了过去。最终两败俱伤，二胡也砸坏了。

我说，终于砸坏了啊。

外婆瞪我一眼说，怎么说话的呢？

我假装好心地说，那……那应该拿去修修，对吧？

外婆一边剥毛豆一边说，对，所以我找人帮他修好了。

我说，啊？修好了？

外婆拿起剥好的毛豆说，晚上吃腊肉丁炒毛豆好不好？

我说，好啊……但是他伤也好了吗？

外婆说，那马上就好了啊。

外婆站在灶前，哧哧哧地炒着菜。

我后来问外婆，为什么这么喜欢听正德拉二胡。外婆告诉我，有时候就听听收音机，但是没有正德现场拉的感觉好，再说了，听收音机不是费电吗？正德又不收钱，哪里不好了？

我说，也就你一个人听。

外婆说，阿五也在听。

我说，他不是聋哑人吗？怎么听的？

外婆说，对啊，聋哑人都能听，你却不能听，你说说你啊，耳朵干什么用呢？

我说，听流行歌曲用。

外婆说，都是找对象的歌，你听得懂吗？

那个时候，我觉得我已经听得懂找对象的歌了，可能外婆并不能准确地察觉。

我说，那还有不是找对象的歌曲。

外婆说，那你唱。

于是我唱了一首张雨生的《大海》，把整首歌完完整整地唱了下来，歌声回荡在整个小吃店内，唱完外婆呆呆地看着我。

我说，怎么了？

外婆说，血压有点升高。然后拍拍胸口说，没事，太好听了，阿挺啊，这歌唱得太好听了，改天让正德拉《大海》。

[6]

正德当然没有再拉过《大海》，确切说，从此以后我再也没有看见他拉过二胡。

当我到了完全理解那些情歌的年龄，我问过外婆，正德怎么就不拉二胡了呢？

外婆说，受过伤了吧，也有可能年纪大了。

我不屑地说，好像一夜之间就年纪大了似的。

外婆说，人不都是一夜之间年纪变大的吗？

我说，是吗？

外婆说，说不定我明天睡一夜起来就老了。

我说，你还没老吗？

外婆说，自己拿脸盆去头上扣好，站墙边去。

我笑了笑说，外婆，我已经过了这个年纪了。

外婆看看我，眼里突然掠过一丝忧伤，叹了一口气说，唉，以后抓不到你了。

我说，正德那么一个五大三粗的骑三轮车的人，怎么会拉二胡呢？

外婆靠在椅子上，看着天花板说，他以前有个弟弟，两兄弟玩得好，正德小时候也不知道从哪儿拿来一个二胡，那年代可没玩具啊，两兄弟拿着那二胡玩得可开心了，后来家里穷养不起，弟弟就被抱走了，正德别提多伤心了。

外婆看着我说，那个年代，实在吃不起饭，小孩说抱走就抱走的。

我说，就因为这样经常拉二胡？

外婆说，他很小就开始干活，想多挣钱，有钱就去把弟弟给找回来，有空拉二胡。

我说，现在呢？

外婆说，现在老了，二胡也拉不动了，弟弟，你觉得这辈子还能见到吗？

我说，也许现在生活得很好呢。

外婆说，也许现在也在哪个村里拉二胡呢。

我听了哈哈一笑说，可是正德拉得不好听。

外婆说，他本来就不怎么会拉，名曲也都是随便拉的，大部分时候他都是自己乱拉，我也不知道他在拉什么。

我说，那你还说很好听。

外婆仰着头说，我就是觉得有时候冷清啊，听点声音热闹一下，好听不好听又没关系，就像阿五一样，他听得比我还认真。

我说，阿五怎么听？

外婆说，用眼睛“听”啊，你没聋过，你不知道的。

[7]

多年以后，那些我曾经喜欢的流行歌曲，对我而言也变成了回忆。

我回去外婆的小吃店，走在那条狭小的村道上，有鸟吟、蝉鸣、蛙叫，隐约还有吱呀吱呀的声音，那些声音像被遗忘的传统名曲，像不再流行的流行歌曲，像时光之门被打开了又合上。

二十多年来，我好像从外婆的身边走过，从阿五的身边走过，从正德的二胡声里走过。走过一个人的唱片店，穿过万人的演唱会。那些安静中的孤独聆听，热闹中的大声尖叫，都不及二十年前那场独奏会，夕阳刚好，人影稀疏。

Chapter 04
求生旅人

[1]

人有时候为了生活可以走很远很远，甚至可以走进一片陌生的黑暗里。

20世纪90年代的全良就是为了生活，一个人，一只包，从西南的一个小村子走到了东部沿海地区。那个晚上，一片漆黑，只有外婆小吃店屋檐下的灯亮着。

全良靠在屋檐下，安稳地睡了一觉。

后来全良说，那时候一片陌生黑暗的环境里，屋檐下那微弱昏黄的灯光，让他感觉在千里之外回到了家。

外婆听了全良的话说，哎哟，那天晚上我忘了关灯。

忘记关灯是因为外婆那个晚上一直在腌臭冬瓜，腌到很晚。臭冬瓜是宁波特产，这种臭相当于臭豆腐或者榴梿的臭。是一种奇特无比的香臭。

外婆正在做包子的时候，听见熟食店的老王扯着大嗓门。外婆出去一看，只见全良和老王都快吵起来了。因为语言问题，刚来宁波没多久的全良和从未出过远门的老王，为了买半只烤鸡，两个人争得面红耳赤。老王的性格就是两句话没说明白，第三句就大开嗓门。

外婆走过去说，哎呀，好好说，不要激动。

老王操着方言说，外地人呀，就是讲不明白。

外婆说，哎，老王，这就不对了，外地人怎么了？你去外面也是外地人啊。

老王倔倔地说，我没去过外面。

外婆说，你没去过外面，更是你的不对了，你要学学我，普通话说得多好。

外婆说这句话的时候，洋溢着浓浓的乡音。

外婆说，全良啊，老王他人不坏，就是倔，性子急，还有不会说普通话，你别往心里去。

全良说，不会的。

外婆说，那倒也是，他说的你估计也没听懂。

全良尴尬地笑了笑。

外婆说，你们那边有什么吃的特产？

全良说，没啥特产，能吃饱就好了。

外婆说，这里的人喜欢吃海鲜。然后突然说，来，顺便教你几句宁波话啊，蟹叫哈，虾叫嚯，鱼叫嗯，哈嚯嗯，来跟着我念。

全良一脸蒙呆，不知道如何开口。这世界上竟然还有这样的语言。

外婆不仅教全良各种海鲜的叫法，还做了很多海鲜给全良吃。全良拿着螺咬，一只虾剥了半分钟，蟹糊拌着饭吃。

第二天，全良胃里翻江倒海，拉到虚脱。

外婆说，都是我不好，一方水土养育一方人啊，全良，你以后打算一直在这里，还是回老家？

全良说，哪里能挣钱就去哪里。

外婆说，上班的厂里收入还可以吗？

全良说，厂倒闭了，已经休息好几天了。

外婆说，那你接下来想做什么？

全良说，想当老板。

外婆说，想当老板好啊。然后她若有所思地说，你看，我也是老板，哈哈。

[2]

全良蹬着一辆破三轮车，后面载着一车货物，在村道上转来转去。在老王熟食店门口，被老王呵斥了几句，到了陈老板的超市门口，又被赶走了。

外婆说，你骑着三轮车干吗？

全良说，批发了点蔬菜，没地方摆摊。

外婆拿着锅铲指指店门口说，那就摆这里吧。

全良说，不影响吧？

外婆说，能进出就行了，影响什么。

全良在外婆小吃店门口摆摊的时候，老王走过来和外婆悄悄说，这样摆着，挡财路。

外婆大勺一挥说，不挡，想来吃馄饨包子的还是会来的。然后又降低声音说，老王，人家大老远跑这里来赚点钱，也不容易，都是谋生，别把人赶来赶去的。

老王摇摇头走了。

外婆的小吃店是村里人流最集中的地方之一。全良的蔬菜摊面前，整天也是人来人往，但是全良的生意并不怎么好。

村里人问全良，你是哪里的？

全良说，四川那边的。

大家就说，我们喜欢吃本地人的菜。

外婆听到这里，总会一下子从灶台走到门口说，人家人是四川的，蔬菜是本地的呀，这都是从蔬菜市场批发来的。

大家听了外婆的话，相互笑呵呵，闲聊几句就走了，全良的蔬菜依旧很多卖不完。

全良的蔬菜卖不出去，就只能送给外婆。

外婆说，蔬菜不是天上掉下来的，这样吧，我全都买了。

全良说，你买了大部分也是烂掉，还是送给你吧。

外婆说，我多做一些素包子就好了，来来来，全卖给我吧。

外婆的确比平时做了更多的素包子，密密麻麻摆在她面前，但是无论做多少素包子也不需要这么多菜。

在那个冬天，外婆将从全良那里买来的菜全部腌制，装满了好几罐瓷缸。

那一天，全良骑着三轮车慢慢从外婆的小吃店前经过。外婆见状喊住他，怎么了？不摆摊了？

全良回头说，生意不好，去镇上摆。

外婆说，那记得给我留三十斤大白菜。

全良笑笑说，我能卖完的。

外婆再也没有看见全良剩下大量卖不光的菜，仿佛镇上的生意非常好。但是那段时间里，腌制菜成了外婆的日常菜。每次吃饭总会拿出一大罐，谁来就分着点吃。

有时候外婆就一个人一碗饭，一碗腌制菜，一碗汤。

我在外婆家吃了无数次的腌制菜，我说，什么时候能吃完呢？

外婆说，可以吃半年。

我说，吃多了不会腻吗？

外婆说，吃多了就习惯了。

几个月后，外婆见到全良说，大白菜再卖我十斤吧。

全良笑笑说，已经没有菜了。

外婆也笑笑说，知道你生意好，这次我是真的要菜，做成腌制菜，这个菜吃了这么多天，吃习惯了，很下饭的。

全良说，我已经不卖蔬菜了。

外婆一脸疑惑说，嗯？

全良说，准备开一家餐馆。

外婆一惊说，哟，不错啊，真的要当老板了，开在哪儿？

全良说，村口大马路边，离你两百米。

外婆说，做四川菜吗？

全良说，和你一样卖包子馄饨。

外婆张着嘴，用手指点点全良说，聪明了啊，抢我生意啊。

全良笑笑说，开玩笑的，我做特色快餐。

外婆说，你不是说你们没特色菜吗？吃饱就好了吗？

全良说，到时候过来看看就知道了。

[3]

全良餐馆开业的时候，外婆特意去看了看。店名叫阿红特色菜馆。

外婆看着一个小姑娘说，不错啊，阿红饭馆，红红火火啊，还请了服务员。

全良笑笑说，这是我老婆。

外婆瞪大眼睛说，什么？前段时间不还是一个人吗？

全良说，镇上卖蔬菜的时候认识的，在饭店工作的重庆姑娘。

外婆忙走到店门外，指着店名说，怪不得，原来她叫阿红。

全良不好意思地点点头。外婆东问西问了一番，说，你们这么快已经结婚了？

全良说，都是出来打工的，认定了就认定了，对了，到时候我炒几个菜，你过来吃个饭。

外婆说，这就算酒席了啊？

全良说，出来讨生活，没那么讲究，先这样了。

外婆笑着说，好，好，一定来，这喜酒一定来喝。

全良的特色快餐店开业以来，不仅村子里的人经常去，附近村镇的人也会经常光顾。全良和阿红为人和气，食物价廉物美，本着三块吃饱、五块吃好的原则，餐馆的生意比较红火。

半年后的有一天下午，全良来外婆店里，点了馄饨包子，一个人默默坐在桌子边吃。

外婆觉得有点不对劲，便问，今天不用开店吗？

全良说，店没了。

外婆一惊说，怎么了？

全良摇摇头，似乎一言难尽。

外婆说，和阿红吵架了吗？

全良还是摇摇头，叹了口气说，店被砸了。

原来那天中午，村民阿五在全良餐馆吃了一顿午饭，下午就肚子绞痛脸色煞白，几乎快晕过去，被送到医院，诊断是食物中毒。于是阿五家把村里能叫上的亲戚全部叫上了，去全良餐馆讨说法，没说几句就吵起来了，最后把店里客人全吓跑了。

这店之后就没生意了，就算勉强开着，也没有人来。

全良说，还没来得及给你做几个菜。

外婆说，没事，阿红还好吗？

全良说，她怀孕了。

外婆脸上掠过一阵喜悦，随后从里屋拿出一个香袋说，给你，开过光的，保平安。

全良道了一声谢谢，便将香袋收入怀中。

外婆说，接下来有什么打算吗？

全良说，孩子出生后压力就更大了。

外婆安慰道，别担心，我还生了三个小孩呢，现在一个个不都很好吗？然后想了想说，你等等啊，我帮你问问我小儿子。

外婆走到里屋，打了几分钟电话，出来对全良说，他说现在不缺人，需要了就告诉我。

全良说，工作哪有这么好找，我们出来讨生活，人生地不熟，想在这里安家很难的。

外婆不知道说什么，想了想说，开过光的香袋会保佑你的。

[4]

全良虽然当不了老板，但是当了父亲。孩子出生后，全良就拼命打工赚钱，工地里风雨无阻地搬砖。家庭变得稳定，烟火气就浓郁了。全良家和外婆的小吃店挨着，两家的烟火气就杠上了。这是西南烟火气与浙江烟火气的巅峰对决。

外婆家臭冬瓜的味道，有时候随风飘到旁边。全良一家赶紧关门闭窗，捂住嘴巴，犹如毒气扩散。外婆见状则会惊讶，呀，怎么回事，这么香的味道都闻不得？反过来，全良家的辣椒味随风飘到外婆家，外婆喷嚏连连，咳嗽不止。全良见状也奇怪，至于这样吗？

有时候两家互尝家常菜，都抱着试毒的心态。外婆舔一口重辣口味的菜，两眼一眯，感觉眼泪都要出来了。全良则用筷子蘸一下臭冬瓜，眉头紧皱，感觉要当场晕倒。

在鲜臭味和热辣味相互交融的空气里，不知不觉，两家人已经慢慢相互适应。

全良家添了婴儿，外婆特别高兴，经常摸着我的头对着婴儿说，我们家这个已经这么大了，变坏了，你呀刚生出来，还是很好玩的。

我说，我哪里坏了？

外婆说，你呀越长大，脑子越多，书读得越多，知道的也多，我就慢慢管不住你了，以后我还要被你管啦。

我说，这不是坏，这不是越来越好了吗？

外婆逗着婴儿说，嗯，就当这坏是好的意思吧。

外婆一直觉得给孩子取名是一件大事，而她自己定能胜任这件大事。全良姓王。外婆满脸自信地说，就叫王旺，或者王旺旺，这名字一听以后就会兴旺发达。

我说，我们家狗不是叫阿旺吗？

外婆收起自信说，你别乱提醒，阿旺什么阿旺，阿旺姓王吗？能一样吗？等等啊，我再想想啊。

想了半天说，要不给阿旺改个名字吧，叫什么好呢？阿乖？

给婴儿取名，变成了给狗改名。

外婆努力思索后说，不行啊，阿旺已经叫了这么多年了，改不了啊，不叫阿旺它就听不懂了。

最后外婆深思熟虑，给婴儿取了一个名字叫，王福贵。

我说，这听着像我外公的名字。

外婆说，别乱说啊。然后又想了想说，听着是有那么一点点过时啊。

这岂止一点点过时，外公辈是福和贵，父亲辈是国和华，我们这辈流行杰、旭、峰之类的。

外婆结合当下取名潮流，最后决定说，那就时尚点，叫王杰吧。

小孩子的名字就这么确定了，只是外婆不知道，此时另一个叫王杰的唱了一首《一场游戏一场梦》，影响了很多人。

外婆对待王杰，就像对待我一样。

[5]

时间过了一年又一年，王杰学会了走路，我也上了更高的年级，全良在工地搬砖，也渐渐搬出了一点名堂来。他团结了一批老乡，自己成了一个小包工头。业务繁忙，经常在外头跑。外婆有空就帮忙替全良的老婆带带孩子。

外婆说，来，我教你说宁波话啊。然后又从虾蟹鱼开始教起。在外婆的语言熏陶下，王杰开始说咿咿呀呀的宁波话。

外婆经常拿着包子逗他说，杰啊，来，叫一声外婆，给你咬一口。

王杰就扑哧吐出一个口水泡泡。

外婆又说，杰啊，以后长大要像你的名字一样，做一个杰出的……杰出的什么呢？

我搁着腿咬着包子说，杰出的小赤佬。

外婆说，闭嘴，好好和阿旺玩去。

我说，做个小赤佬不好嘛，我不就是小赤佬吗？

外婆摸着王杰的头说，你看，小学没毕业，就来和我搞脑子了，你以后不要这样啊，不要欺负我小学文化，要尊老爱幼……

我一口将包子塞进嘴里说，幼儿园都没上，听得懂尊老爱幼吗？

外婆说，阿旺，咬他。

阿旺抬头看着我吃得满嘴油光，一脸馋死鬼的样子不停地舔舔舌头。

此时，王杰的母亲阿红走进来说，来，我们回家做饭去。

外婆拿出袋子一下子装了好几个包子说，来，这个拿回去，全良好久没回来了，今天要回来，这个肉包你们拿去吃，全良最喜欢吃我做的肉包了。

我看着一袋的包子说，啊呀，送这么多，亏死了啊。

外婆瞪我一眼说，一边待着去。

阿红不好意思地说，不用，这太客气了，真的不用了。

外婆说，卖不完，自己又吃不完，就大家分点。

我说，我吃得完啊。

外婆隔空一巴掌说，皮痒了啊。

阿红尴尬地说，全良不回来吃了。

外婆拎着包子说，怎么又不回来了，又是大项目啊。

阿红尴尬地笑了笑说，我们要离婚了。

外婆一惊说，怎么好端端的要离婚了？

阿红欲言又止说，已经很久了，他一直不回来，外面有人了。

外婆拎着包子张着口说，男人啊男人，有钱就变坏啊。然后又问，唉，那个有人，那是什么人啊，几个人啊？

阿红不知如何回答。外婆见阿红面露难色，便说，那王杰跟谁，以后怎么打算？

阿红说，我要孩子，自己把他养大。

外婆说，不要担心，还有我。然后摸着我的头说，这都是我一把屎一把尿养大的，你看养得多好，毛发多顺滑。

我抬头看着外婆，手摸着阿旺那一身顺滑的毛发。

外婆一手把包子递给阿红，一手握着阿红的手说，红啊，古人说啊，劝和不劝离啊，但是男人这种东西啊，不要太在意，他要走就让他跟着白骨精、蜘蛛精们走，我们都好好地，好好地过自己的生活啊。

说完又朝着王杰来了两声，乖哦，啵啵。

[6]

一笼小笼包，一碗紫菜汤。全良坐在小吃店慢慢地吃着。外婆像看怪物一样看着全良，我也探头探脑地看着全良。外婆拍了我一把说，贼头贼脑的，干吗呢？

我说，学你啊。

外婆拿着勺子说，没规没矩，怎么不学学我做小笼包。

等全良快吃完的时候，外婆走过去，全良付了钱。外婆拿着钱思考了三秒钟说，终于回家了啊。

全良喝着最后一点紫菜汤，说，家总要回。

外婆直言道，有几个家啊。

全良一愣，憔悴的双眼看着外婆说，谣言。

外婆说，阿红说的也会是谣言？男人啊，有钱就变坏，对了，你现在一年能赚多少来着，我没别的意思，就想知道能变多坏。

全良看了一眼外面，叹了口气说，唉，别说赚钱，现在都是负债，你说我一个家都快养不起了，你还问我有几个家？

外婆又一惊，说，故事转这么快，我这年纪有点拐不过来了。

全良说，跟你说，发生了一件大事……

外婆说，你等等，我早饭还没吃，拿两个包子冲碗汤，你好好讲讲。

我说，你也等等，我先去把我的咪咪虾条拿出来，你好好讲讲。

外婆打了一下我的屁股说，咪咪咪咪，再让你咪咪！

一分钟后外婆咬着包子，我嘴里塞着虾条。外婆说，什么大事？

全良说，工地上发生了意外，两名工友死了，你说我就赚点小钱，死一个人就要赔光了，死两个人还不赔得倾家荡产。

外婆惊讶地停止了咀嚼包子，过了好久说，那不是钱多了变坏了，是钱没了不敢回来了？阿红知道了不？

全良说，现在知道了，之前一直瞒着她。

我说，唉，好惨，那你现在兜里有多少钱？

外婆说，别插嘴。

全良说，现在就是两条路，第一赔钱，和对方家属协商一个赔钱的方式，接下来做牛做马慢慢把钱给赔了。第二条路就是跑路。

我吃着咪咪虾条说，那只能选择跑路了。

外婆拉着我的耳朵看着全良说，出事赔钱，天经地义，你也别有其他想法，就这么一条路。

作为小吃店的老板，外婆开始替全良想了许多赚钱的方法。去义乌批发小商品，去杭州四季青批发服装，去海宁批发皮革等，经过简单分析，又一个个自我否决，最后觉得还是重操旧业，卖大白菜最靠谱。

全良说，你一个老太太怎么知道这么多？

外婆说，我也是老板啊，见过世面的啊。

外婆嘴里所谓的世面，多半来自电视机、收音机以及小吃店里听到的看到的。

外婆安慰全良，不要急，人活着，就有饭吃，古人说，留得青山在，不怕没柴烧，哪怕青山不在了，我也在的。

我说，那你也不在了呢？

外婆一把拉住我的耳朵说，小赤佬，再说一句？

我啊啊啊啊地边叫边说，在在在，外婆永远在，祝外婆寿比南山福如东海长命百岁万岁万岁万万岁。

外婆松开我的耳朵说，是不是读书把脑子读坏了？

我揉着耳朵，外婆转身掏出三百块，塞到全良手里说，拿着，不要和别人说。

全良退回钱说，三百块对我要做的赔偿微不足道，但对你来讲要赚好多天，我心领了，留着给外孙买点好吃的。

我耳朵一竖，眼睛一亮说，外婆赚钱这么辛苦，我已经这么大了，怎么好意思要外婆的三百块？

外婆对全良说，看看，有点进步了啊。

我说，就……就一百块好了，够买好多吃的了。

外婆啪地将钱一甩，我说，十块……五块也行，咪咪虾条买个十包也够了。

外婆白了我一眼说，全良啊，要不还是卖大白菜吧，我这里门前位置留给你，给你好好弄个摊位。

全良点起一支烟，沉默了一会儿说，不出事情，都想再攒点钱，可以在这里买个房子，现在出了事情，都要卖儿子了。

外婆一激动说，全良啊，你这说的什么话呢，王杰是你的孩子，也是我的外孙。然后又摸着我的头说，就像他一样，都是我的心头肉，你这是狼心狗肺的想法啊。

全良无奈地笑笑说，我就打个比喻，意思是家里真的没钱了，王杰我怎么舍得他，但凡我有一口吃的我就要给他吃。

外婆揉揉胸口说，以后不要说这种鬼话，儿子哪能说什么卖不卖的，又不是大白菜。

我舔着咪咪虾条包装袋，一脸认真地问外婆，如果把我卖了，大概能卖多少钱啊？

外婆一把搂过我，想要捏我耳朵，最后又摸着我的头说，你呀，买你干什么呢，买你去吃咪咪虾条吗？

我说，我只会吃咪咪虾条吗？

外婆说，还会吃大白兔奶糖、大大泡泡糖、大脚板棒冰……

全良笑了笑。外婆说，别笑了，我看过了，大白菜是唯一的出路，顺便搭一点带豆啊，萝卜啊，土豆啊，西红柿啊，多好。

我说，是啊，顺便送我们一点就好啦。

外婆一把捂住我的嘴说，咪咪虾条呢，来，全都塞嘴里，别浪费。

[7]

外婆边剥着虾边对王杰说，正宗宁波海鲜，给你开荤啊。

我则比外婆剥得更快，边剥边吃，等外婆剥了没几个，一看碗里，虾都被我吃完了。

外婆说，你这下手比扒手都快。

我摸摸王杰的头说，小孩子多吃不好。

外婆说，你就是大人了？

我说，我也是为他好。

外婆说，这话不是我说的吗？

这时候，全良进来，准备抱王杰回家。外婆说，今天晚上我买了肉，做几个菜，给你们放点辣，叫上阿红，就在这里吃吧。

全良说，我们吃的辣，要呛得你流眼泪。

外婆说，你看，王杰现在都会吃海鲜了，算是半个宁波人了，以后你们就好好待在这里，生活总会越来越好的。

这一晚，外婆做了一桌子的好菜。按照外婆的说法是四川与浙江的大融合。桌上的菜有红膏呛蟹、麻婆豆腐、回锅肉、椒盐排骨、火爆腰花、手撕包菜。

外婆说，本来想把臭冬瓜给拿上来的，后来一闻再闻，想想还是算了。

我欢乐地吃着，外婆开心地夹着菜说，多吃点啊，全部吃完，不要浪费。说完外婆给全良倒上一碗白酒，给自己也倒了半碗。

我说，给我也倒点。

外婆说，喝完你就不认识我了。

我说，没事，我和王杰分着喝。

全良和阿红笑了起来，外婆喝了一口说，看看，生活多美好啊，有吃有喝，有说有笑，对吧，以后呢，好好在这里生活，哪有过不去的坎，真的吃不上饭，到我这里来吃。

全良和阿红沉默了一会儿，外婆指指外面说，摊位我都给你准备好了，你随时可以开始卖蔬菜。

全良敬了外婆一碗，说，有一件事情我们已经决定了。

外婆说，什么好事？

全良说，我们下个月就搬走了。

外婆刚想喝一口，又放下碗，一脸惊讶地说，搬去哪里？

全良说，阿红带着孩子先回老家，我和老乡一起，去外面打工。

外婆说，去哪里打工？

全良说，去国外。

外婆喝掉了半碗，有点微醺，说，去国外要很多钱吧。

全良说，我们一帮人一起去。

我打了一个饱嗝说，你这不会是要跑路了吧？

外婆把半碗排骨放到我面前说，别说话，给我使劲吃。

外婆又给自己倒了点酒，说，那以后，我见不到你、阿红和王杰了，阿红和王杰也见不到你了，我这外孙以后也不认识你们了。

我啃着排骨说，不会，化成灰我都认识。

外婆指指我说，再不闭嘴，墙角站着去啊。

全良说，都是为了生活。然后端起碗说，来，希望我们都越来越好，有机会我们都会再见的。

那一晚，外婆喝得有点微醉，全良也有点晕乎乎。饭后大家闲聊了一会儿，阿红就拉着全良抱着王杰，慢悠悠地离开了外婆的小吃店。

这是全良一家最后一次在外婆家吃饭。

全良走的时候，找了一辆三轮车，让人从村里拉到汽车站。三轮车慢慢往前走，全良拖家带口坐在车上，我和外婆一路小跑跟在后面。外婆边跑边说，一定要记得我啊，还有我这个外孙，王杰，你也要记得我们啊，你名字还是我取的呢，以后有出息了记得回来看看啊，大家都是一家人，海鲜你也学会吃了，宁波话我也教你了，“哈嚯嗯”，记牢了没啊，全良，阿红啊，再见啊……

外婆停下脚步挥着手喘着粗气说，哎哟，实在跑不动了，就送到这里吧。

三轮车快速上桥又快速下桥，全良一家人还在摇着手，王杰还在咯咯咯笑着，一家人的身影慢慢变小，一拐弯就不见了。

外婆看了一会儿前方说，那一年，来的时候啊，他一个人一只包，就在我店门口睡了一夜，现在走的时候，好几只包，一家三口人，这也是幸福吧……

我说，可惜没钱啊。

外婆盯了我一会儿，正想教训我几句，突然说，哎呀，完了，煮好的茶叶蛋忘记给全良他们了。

我说，那给我吃不就好了。

外婆说，你可以天天在家吃，人家是要路上吃的。

我说，现在汽车站火车站什么吃的没有。

外婆拉着我回家，我看着外婆说，哦，对了，他们没钱。

外婆说，小小年纪，不要每天钱钱钱的，这个东西现在不重要。

我说，什么重要呢？

外婆说，你乖乖待在我旁边剥茶叶蛋最重要，但是最多呢，只能吃两个，吃多了脑子要塞住，要变笨的。

我说，变笨就变笨。

外婆说，变笨了学习就不好了，以后大学就考不上了，你就一直在这里了。

我说，啊，那不吃了，一个也不吃了。

外婆说，唉，吃吧吃吧，一直在这里也好，外婆养你。

[8]

许多年后，外婆看了报纸上一则新闻之后，呆呆地看着窗外。我说，看到了什么？

外婆说，你还记得全良吗？

我说，辣椒味满天飞啊。

外婆说，他走的时候说和一帮人一起去国外，打工赚钱。

我说，说不定现在在国外做包工头了呢。

外婆说，我在想啊，会不会像报纸上写的那样。

我接过报纸，看到那是则关于打工仔死亡的新闻。

外婆看着窗外说，报纸上说，十个出国打工的人死了六个，剩下的不是失踪被骗就是流亡他乡啊。

我说，全良好人有好报，肯定没事的，你不是送过他们保佑平安的香袋了吗？菩萨开过光的啊。

外婆说，也是啊，但是啊，这到了国外，菩萨也不知道灵不灵，再说了，也不知道他有没有带着。

我说，当然灵了，菩萨是普度整个世界的众生的啊，不分国内国外啊。

外婆说，哦，菩萨也分很多路的，不管哪一路应该都差不多吧。

我说，差不多的差不多的，来，喝酒。

我和外婆喝着自酿的白酒，吃着宁波小菜。外婆喝了两碗，思绪万千，嘴里念念有词，时间啊，过得真快啊，那个时候你还很小，全良他还是一个人背着包来这里，转眼，你也马上要去外面读书了，他们一家人也不知道在哪里，那个王杰不知道怎么样了，应该已经很大了，不知道还会不会说，“哈嚯嗯”。

我说，喝多了估计会这么说。

外婆微醺着说，好，那我们多喝点。

我举起碗说，现在流行的说法是，一杯敬朝阳一杯敬月光，一杯敬故乡一杯敬远方，一杯敬明天一杯敬过往，一杯敬自由一杯敬死亡。

外婆拿着碗说，要死，一共要八杯，我最多三杯，敬完就睡着了。

Chapter 05

没有回来的少年

[1]

暑假，我和外婆睡在一个大房间里。半夜，被响动惊醒。

我说，外婆，有响动。

外婆回道，没事，肯定是阿呆。

我说，阿呆是谁?

外婆翻了一个身说，是只猫，睡吧。

第二天醒来，吃的东西就少了一些。放钱的篮子都被叼到了角落，钱倒是一分没少。阿呆是只流浪猫，白天徘徊在小吃店的后院里。我还装模作样地教训它，不许再来偷东西吃。后来我就经常喂它，晚上也在门口放一些东西，很长时间内阿呆再也没有进入过小吃店。

有一天深夜，我说，外婆，有响动。

外婆说，阿呆又来了，睡吧。

我说，我把吃的都放门口了。

外婆说，吃光了吧。

我蹑手蹑脚地走到门边，打开一丝门缝查看，竟然在黑夜里看到一个人影，我本能地大喊一声，抓贼！

外婆过来，捂住我的嘴巴说，嘘。刹那间，黑影就从窗口逃走了。

我看着外婆说，不是阿呆，是贼。

外婆打开灯，把窗户关上说，不是贼，是饿了的人。

外婆说的这个“饿了的人”就是小云。其实，外婆早就发现是小云来偷东西吃了，只是一直没有说出来，那个简陋的窗户木插销也一直没有换。

外婆笑着说，窗门关得那么严实，猫怎么进得来呢？

我说，难道一直让他偷吃吗？

那年头，大家都不怎么富裕，村里经常有那么几户贫困人家，甚至最大的希望就是每天能吃饱饭，或者稍微吃些像样的东西。有时候，外婆也会做几个好吃的菜，让小云过来吃。小云身体正值发育期，身壮如牛，饭量惊人，经常觉得饭没吃饱。

外婆告诉我，这个世界上有两种贼，第一种，好吃懒做，专偷金钱财宝；第二种，饥饿难耐，只偷点吃的东西。

外婆又想了想说，第二种不应该叫贼吧，叫饿了的人。

我说，偷东西的都是贼。

外婆说，他只偷点吃的，放钱的篮子虽然动了，但是里面的钱一分都没动。

我说，那也是偷。

外婆说，小吃店再开十年，也就十年，一晃而过，他也会长大，生活也会改变，不会一直饿下去的。

[2]

外婆卖完了早餐，正慢慢地做着午饭。有糖醋带鱼、麻辣豆腐和四季豆炒香肠。小云晃荡在门口，香味一直吸引着他往里面看。

外婆拿着锅铲，看到了小云就说，进来一起吃吧。

等到吃饭的时候，小云一口气就吃了两碗饭。

外婆说，多吃点，长身体的时候。

小云边吃边憨憨地说，是的，长快点。

外婆说，长大了想去干什么？

小云说，当警察。

外婆说，为什么想当警察？

小云说，去抓贼。

我在那时候脱口而出，天哪，还抓贼？好几次晚上在小吃店……

我还没说完，外婆就用一块带鱼堵住了我的嘴。

外婆顺着我的话说，好几次晚上在小吃店，都被那只叫阿呆的流浪猫给偷吃了东西，你有空帮我抓住那只猫，先当个小警察。

小云捧着碗看了看外婆说，好的。然后放下碗说，我吃完了。他擦了两下嘴就走了。

外婆看着啃着带鱼的我说，以后别说人家偷吃的事情，小心噎着你。

我说，还想当警察呢，自己都偷东西啊。

外婆说，你不也经常趁我不注意，偷吃东西嘛，你还不是饿了，你是嘴馋。

我狡辩说，那我以后也没想当警察。

外婆说，你知道他为什么想当警察想抓小偷吗？

我说，一定是想抓他自己呗。

外婆摇摇头说，有些生活你没过过，好好吃带鱼吧。

的确，有些东西在年幼的时候无法理解。就像我们无法理解偷东西吃的小云，为什么想要当警察去抓小偷。

小云是单亲家庭，有个身患重疾的母亲，一直勉强维持着生活。在小云还很小的时候，母亲借了钱，和小云一起去城里的医院看病。从公交车下来的时候，发现看病的钱被偷了。小云的母亲当场崩溃，坐在大街上放声大哭，毫无脸面。在众多的围观人群中，年幼的小云茫然地看着这一切。

这就是小云为什么会来小吃店偷点吃的，也是小云为什么想当警察去抓贼。

也许我们会觉得矛盾，这正如外婆说的那样，有些生活你没有过过。

小云曾经和另一个同学说，外婆小吃店窗户的插销很容易打开，自己好几次饿了都偷吃过里面的东西。这件事情就在同学之间默默传开。有一次，班里一个同学的文具盒没了，几个男生立即怀疑是小云偷的。

小云说，我没有偷。

几个男生说，你都偷过小吃店的东西。

小云说，没有。

于是几个同学就把小云架到外婆的小吃店，要他当面承认自己偷吃过东西。那时候，外婆正在做晚饭，看到一大帮小孩过来，说，哟，不要吵啊，过来吃饭啊。

带头的男生说，快说，有没有偷过店里的东西。

小云看着外婆，外婆愣了一下说，偷什么呀，谁偷东西了？

带头男生说，以前你店里东西少了，都是他偷的。

外婆笑笑说，我店里从来没有少过东西啊，怎么会被偷。

男生继续说，他自己说晚上在店里偷过东西。

外婆说，开玩笑的，东西有没有被偷，我怎么会不知道。然后挥挥手说，好了，散了散了啊，赶紧回家去，别乱冤枉人啊。

外婆说着就把那些人轰出了门外。

小云一个人走出门外，回头看看店内，又慢慢走进来，外婆看着他说，怎么？饿了？

小云低着头说，外婆，我偷过。

外婆说，孙悟空还偷过仙桃呢，就当你是孙悟空吧。

[3]

小云捧着一束油菜花，跌跌撞撞跑进了外婆的小吃店。

外婆正在和面粉，见小云进来了说，走路带风啊。

小云一小子钻到了桌子底下，外婆一回头说，这是干什么？

小云竖起手指说，嘘，我偷了阿三家的油菜花，被他打了。

外婆突然发现，小云满脸污渍，衣服也破了，于是蹲下来说，多大的事，赶紧出来。

小云缩了缩身体说，他正在找我。

外婆一把将小云从桌子底下拉出来，说，摘两朵油菜花而已，怎么跟猫捉老鼠似的。

外婆拿来毛巾帮小云擦着脸，小云吓得手脚还在发抖，外婆撩起他的衣服一看，青一块紫一块，外婆说，这是阿三打的？

小云害怕地点点头。

外婆拉着小云直冲阿三家，用脚踹门，大声嚷嚷着要阿三出来给小云道歉。

阿三探出脑袋说，你这老太太这么猛干什么？偷东西还有理了？

外婆说，偷什么了？偷油菜花？这油菜花都是野生的。

阿三说，这块地就是我的，在上面拔一根草也是偷我家的东西。

外婆说，这地还是国家的呢，还是天上的天王老子的呢。

阿三说，你别多管闲事，这种从小就偷鸡摸狗的人，就要打他。

旁边围观的人越来越多，不乏几个小云的同学，他们也在旁边帮腔，小偷，小偷，从小就偷。

外婆说，明天把你地里东西全拔了。然后指着那几个同学说，再说小偷，全把你们做成包子。

说完就拉着小云回小吃店了。

外婆给小云涂着红花油，小云咝咝咝喊着疼。

外婆说，还说要当警察呢，这点疼都受不了，唉，对了，你偷油菜花干什么，又不是小姑娘。

小云说，我看着好看，就想摘来送给你。

外婆听了，摸摸小云的头说，送给我干什么呀？

小云说，一束给你，一束给我妈妈，我妈妈很喜欢看油菜花，但是现在她走不动。

外婆说，以后别送我东西了，好好念书，长大好好对你妈就行。

小云说，我以后再也不偷东西了。

外婆说，你还偷过什么？

小云说，文具盒不是我偷的，油菜花我不知道是阿三家的，偷吃小吃店是因为实在太饿了。

外婆说，那你就不是小偷。

外婆温了一碗莲子汤给小云，小云慢慢喝着汤，说，外婆，你今天对阿三真凶。

外婆说，要不是大家都在，我早就把他们家门踢飞了。

小云终于露出笑容说，那你要赔门了。

外婆说，没事，我有的是钱。

小云放下碗说，你也就几十块钱，不够赔的。

外婆说，你怎么知道？

小云说，晚上我偷吃东西的时候，看见篮子里的钱，每次就那么几十块钱。

外婆说，你还仔细看了？你怎么每次把我的钱篮子放到角落，钱倒是没少。

小云有点不好意思地笑了笑。

外婆说，没有想过偷钱？

小云摇摇头说，我是实在太饿了，但我不想成为小偷。

是的，某种意义上，他不想成为偷走他妈妈救命钱的那些人，他想抓住那些人。

外婆笑笑说，你妈妈还好吗？

小云说，医生说还能活半年。

外婆听了一把将小云搂到怀里说，不会的，长大了当警察，孝敬妈妈，你妈妈一定会很开心的。

此时，灯光昏黄，周围一片安静。

[4]

小云贴着白纱布，走到小吃店里说，外婆，一碗馄饨，五只煎饺。

外婆看着小云说，又怎么了？

小云突然一笑，拿下脸上的纱布块说，哈哈，已经好啦。

一星期前，小云给妈妈去城里拿药。在公交车站，看到了扒手在行窃。那一刻，对小云而言，似乎一下将时光拖回了好几年前，好像他们正在偷妈妈的救命钱。小云本能地上前阻止，用力将扒手推开。恼羞成怒的扒手对弱小的小云拳脚相加，小云被打得鼻青脸肿，一边大喊一边死拽着不放手，在路人的帮助下，扒手终于被送进了派出所。

小云说，这是我第一次抓到小偷。

外婆拿着白纱布说，以后悄悄报警就好，你还太小了，万一对方有刀就更危险了。

小云说，有刀也不怕，不然我怎么当警察。

外婆又看了看小云的脸说，那现在不还没当上警察呢，你有个三长两短，你妈妈怎么办？

小云说，我就是想着我妈妈，我才想要把他们抓住。

外婆笑着端来馄饨和煎饺说，好好吃吧，这个不收钱，算奖励你的。

小云心满意足地吃完之后，说，外婆，你能帮我一个忙吗？

外婆说，抓小偷啊？我可跑不动了啊。

小云说，他们老说我是小偷，现在你能不能告诉他们，我抓了小偷。

外婆笑着说，好呀，每个来小吃店的人，我都跟他们说一遍。

小云把那块白纱布递给外婆说，如果他们还不相信我，你就给他们看这个，上面有我流的血。

外婆接过白纱布，仔细看了看，摸摸小云的头，微笑着说，我会一直存着它，告诉所有人你抓小偷的故事。

小云说，外婆，要是他们还是不信呢？

外婆说，把他们家门全都踢飞。

小云开心地笑着，伴随着太阳的最后一点余晖。

[5]

小云的妈妈还是走了。那是一个黄昏之时，面向最后一点太阳的温暖，身边还有小云摘来的干瘪的油菜花。她再也没有看到新鲜的大片的油菜花。

小云去了城里舅舅家生活。

从这一天开始，小云没有再来外婆的小吃店了。

当有些人和事物成为你生活的一部分，但是又在某一刻戛然而止，这也许就是所谓的意外。

有一天外婆看见一个穿着白T恤的少年，骑着自行车从小吃店门口一闪而过，外婆本能地觉得有一种熟悉感从眼前掠过。

外婆慢慢地走到店外，看着那个白衣身影疾驰而去，她默默地在心里喊了一声，小云。

一个小孩子会长得这么快吗？时间能在某一刻让人快速长大吗？小云还是那个小云吗？外婆也不知道，夏天的阳光晃眼，白衣少年瞬间就不见了。

外婆继续开着小吃店，有时候人很多，有时候下午时段一个人也没有。外婆就一个人静静地坐在店里，就这样看着太阳慢慢落山，在灶头慢慢做一些自己喜欢吃的东西。

那一天，小吃店昏黄的灯光亮起，外婆正在哧哧哧炒着年糕。炒完，盛了一碗，坐在桌边慢慢吃。一抬头，一个高大的少年走了进来。

是小云吗？外婆很熟悉，但不太确定。

外婆，我考上警校了。高大的少年说。

外婆放下碗筷，站起身，曾经被她摸摸头的少年，如今已经要抬头仰视了。

外婆擦了擦手，拿来一只碗说，小云，坐，一起吃。

小云坐下来，吃了一口年糕说，你晚上就吃年糕吗？

外婆说，年纪大了，吃得简单点。

小云说，可是你会做很多很好吃的菜。

外婆说，那是做给你们吃的，哦，对了，我给你炒两个？

小云摆摆手说，我白天在镇上有事，刚忙完，就过来这里看看。

外婆慢慢吃着年糕说，我们好几年没见了，三年还是五年？

小云说，我来过一次，没有进来，那时候妈妈去世我很难过。

外婆又给小云加了一点年糕，说，以后真的当警察了，回来给我看看，看看你穿警服的样子。

小云拿着筷子，有点哽咽地说，妈妈看不到了，我一定让你看到。

外婆又本能地伸手摸了摸小云的头说，妈妈一定也会看到的。

小吃店昏黄的吊灯在微微摇晃，夏夜微风轻拂，星空明朗。

[6]

2012年的春天，小云作为一名警察在执行公务的时候受了伤。他的手臂缠着白纱布，穿着警服，站在村庄边一大片油菜花面前，旁边站着外婆。

小云说，我妈妈要是能活到现在，一定会很开心。

外婆笑着说，你妈妈在另一个世界也会替你开心的。

小云面对着夕阳下大片的油菜花说，外婆，你相信有另一个世界吗？

外婆说，相信啊。

小云说，你说我妈妈现在在干吗？

外婆说，和我们一起看油菜花。

太阳落山的时候，外婆和小云回到小吃店。外婆做了酱爆鸡丁、鲫鱼汤和肉末茄子。

外婆和小云坐在小吃店内，灯光安详。

好像一切回到过去，但是一切又马上要过去。

外婆说，手臂好点没？

小云说，快好了，一点事没有。

外婆说，以前你的那块白纱布，我现在还留着呢。

小云笑笑说，那是第一次工伤。然后说，外婆，我没有那么多时间来这里了。

外婆吃着菜说，工作忙对吧，有空再来吧，

小云说，嗯，我也不知道什么时候来。

外婆吃了几口菜，突然想到什么，问，你不会要去做卧底警察吧？

小云喝了一口汤说，能不能再加点汤？

外婆拿着勺子从锅里又舀了点鱼汤，尝了尝说，电影里都是这么放的。

小云喝了几口汤说，我告诉你一个秘密。

外婆说，什么秘密？

小云说，其实我偷吃的时候，我同学和阿三也在外面，我不想偷太多，但他们不同意，后面他们就自己进来了，我怕他们偷走你的钱，所以后来我把你的钱篮子藏到角落里了。

外婆说，都过去了，好好当个警察，回来再给你做好吃的。

小云说，要是明年清明我没回来上坟，你记得给我妈摘点油菜花放着。

外婆说，赶紧吃吧，汤凉了就不好喝了。

外面夜色浓郁，月光就像给冷寂的大地披了一件温暖夜衣，而许多人正从这件夜衣下离开。

外婆说，还有什么秘密吗？

小云说，有机会回来再告诉你。

[7]

外婆一直都没有再见过小云。清明的时候，外婆给小云的妈妈摘去过油菜花。

小吃店没人的时候，外婆会看着巨大的落日落下去。

春天成片金黄的油菜花。

夏天四处蝉鸣的绿树荫。

秋天拾穗。冬天落雪。

外婆也会在小吃店门口，往村口的方向看看，饿了的少年，受伤的少年，穿着警服的少年，他们都没有再回来。妈妈在这里，外婆的小吃店也在这里。

有些旅程如果注定越走越远，越走越散，我们只能相信下辈子还会再见。

Chapter 06

无法被理解的世界

[1]

在外婆小吃店的旁边，我的两个小玩伴，堵住路过的阿正。

一个笑着说，知道怎么打弹珠吗？

阿正摇摇头。

另一个笑着说，知道什么是男女朋友吗？

阿正还是摇摇头。

他们让我也提个问题，我说，知道他们俩是谁吗？

阿正依旧摇摇头。

我不知道阿正是真不知道，还是假不知道，也许对我们摇摇头已经成为一个习惯动作。阿正比我大几岁，永远一副木讷书呆子样。木讷到大家看见他都会逗他一下。大家哄堂大笑，他也无动于衷。

阿正来外婆的小吃店，经常点几只包子，一碗馄饨。阿正的点是真正的点。他习惯用手指点一下包子，然后伸出四根手指，接着又点一下别人的馄饨，伸出一根手指。外婆已经习惯了。

我有时候会说，阿正，你能不能发个声音给我听听？

阿正就会看着我，一脸严肃地嗯一声。

我说，发长一点啊。

阿正继续一脸严肃地深呼一口气，然后，嗯——

旁边的小伙伴就会说，哈哈哈，火车来啦。

外婆则说，阿正啊，好好吃包子，别理这个小赤佬。

然后外婆拿着一只包子说，给你堵嘴上，让你一直嗯嗯嗯，喜欢嗯不？

旁边的小伙伴也对着我一阵欢笑，阿正则自顾自地吃着包子，毫无波澜，似乎眼前什么都没有发生。

阿正除了被逗被嘲笑，甚至还会被捉弄和被欺负。有一次，我和一帮大大小小的人在巷子里打弹珠，大家看见阿正来了，那些人围着他说，叫我们每个人一声爷爷。阿正依旧是摇摇头。

年龄最大的玩伴，跨开双腿说，不叫也行，来，从我胯下钻过去吧。

阿正摇摇头。结果几个人蜂拥而上，硬是拉着阿正从胯下拖过去。从每个人的胯下都钻一遍。

轮到我了，我摇摇头说，算了，别欺负他了。

年龄最大的和我说，不让他钻你的胯下，今天你的弹珠都拿出来给我们。

于是我就把弹珠给了他们。

他又说，行，那接下来你替他钻吧。

说完一群人又涌向我。我拼命挣扎，满地打滚，和他们厮打在一起。恍惚间，阿正似乎已经不见了。我心里骂，呆子就是呆子啊。他们继续强拖硬拽，我继续死命抵抗。不一会儿，只听见大喊一声，小畜生们，打死你们！

我一看，外婆和阿正，一个拿着扫把，一个拿着拖把，踉踉跄跄地冲了过来。冲在最前面的是阿旺，眼看就要气势汹汹地冲到人群里，突然回头一看，见外婆还在后面，于是紧急掉头跑回去了。这就是外婆经常说的，阿旺是通人性的。

外婆嗖地挥了一下扫把，不小心把扫把扔飞了出来，所有人一愣。外婆又喊，阿正，上。阿正看了一眼，摇摇头，将拖把递给了外婆，外婆一愣，接过拖把，往地上一戳说，谁敢打他，我就拖谁。

我整整衣服，走到外婆身边，外婆上上下下摸着我说，有事没？

我摇摇头说，没事，弹珠被他们抢走了。

外婆拍拍我的衣服拉着我说，弹珠就算了，走吧走吧。

我边走边回头，一群人愣在那里，阿旺还在冲着他们狂叫。

外婆继续拉着我说，别看了，赶紧走。

我说，你怕了啊？

外婆说，他们五个人，我们怎么打得过，阿正只会看，阿旺只会叫，你只会被打，就只剩下我一个能打的了。

我说，你真能打。

外婆说，哎，对了，一会儿等他们走了，帮我去看看那扫把还在不在，扫把也挺贵的。

我说，不在了怎么办？

外婆说，不在了只能拿拖把打你了。

[2]

周末的中午，我帮外婆盯着烧水壶，阿正则在小吃店默默吃完一份炒面，掏出硬币放在桌上，然后背上书包走了。我出于好奇，一路跟着阿正。阿正看看我也不说什么，对我似乎还不算特别“木讷”，经常还会说几个字，也许是觉得我对他没有恶意。

阿正走到村口，就在路边等着。

我说，你坐中巴车去县城?

阿正点点头说，是。

我说，你干吗去县城读书啊?

阿正说，舅舅在那儿。

我说，你舅舅在那边当校长啊。

阿正摇摇头说，是老师。

我说，体育老师啊。

阿正说，不是。

我说，后勤老师啊。

阿正说，不是。

阿正的思维方式就是，你不问是什么老师，他就绝不会主动告诉你是什么老师。

我半开玩笑说，那让我再猜猜啊。

阿正说，好的。

要换作别人，一拳头就要飞过去了。

等到中巴车来了，我也没猜到他舅舅在学校里当什么老师。

我说，食堂厨师吧。

阿正上车前告诉我，不是。

我说，你就不能告诉我是什么老师?

阿正转过身说，电脑老师。

我说，电脑老师能教你什么啊？

阿正在门边说，下次和你说。

说完，中巴车门就关上了，阿正那张茫然的脸顿时与我隔绝。

我边往回走边想着，电脑老师？电脑还需要老师？电脑不是游戏吗？在我的那个学校，甚至还没有电脑。那个时候大部分人对电脑还很陌生。

走到小吃店门口，外婆一把拎住我的领口说，让你看着烧水壶，结果我在隔壁都闻到焦味了，跑过来一看，水烧没了，你人也没了，又出去打弹珠了，弹珠都给我拿出来！

我说，我没打弹珠，我去送阿正了。

外婆说，你送阿正干吗？他又被人欺负了？

我自言自语嘀咕着，舅舅是电脑老师，就要去县城上学？电脑这么重要？我抬头看着外婆问，这是为什么啊？

外婆说，什么电脑舅舅啊，给我去水缸里舀水。

我说，你不知道阿正为什么去县城上学吗？

外婆说，我知道啊，唉，阿正是个可怜的孩子，你以后不要欺负人家。

我说，我没欺负啊，怎么了？

外婆边收拾边说，人家去县城上学，就是因为在这儿的学校里被狠狠欺负了一顿，所以才去县里读书，那帮小赤佬啊，不，小畜生，真的是缺少管教啊，啧啧啧，他们要是这么欺负你，我早就和他们拼命了。

我说，扫把拖把全部带上吗？

外婆拿着充满焦味的水壶说，带上，阿旺也叫上。

我在外婆的嘴里，听到了阿正去县城上学的真正原因。

两年前，阿正在学校里，因为自顾自学习，不理会那帮人的言语挑衅，于是被强行拉到厕所，进行群殴。这件事引起了很大的轰动，双方家长和警察都来了。

我说，这么大的事情我竟然不知道。

外婆说，小孩子知道那么多干什么，所以说啊，人呢，要做个好人，但是也不能被人欺负，阿正读书是很好啊，但人太老实了，老实到人人都骑到他头上去了。

外婆重新烧了一壶水，擦擦手说，你在学校里也是，不要欺负别人，也不要被别人欺负。

我一脸呆呆地看着外婆。

此时，水烧开了，外婆边往热水瓶里倒水边说，现在还一股焦味呢，你呀，以后读书向阿正好好学学，书读好了才会有出息，你别看阿正不声不响的，说不定以后阿正最厉害呢，你呢，好好学，学不好呢，就好好给我看着烧水壶，也没关系的。

[3]

我正在小吃店狼吞虎咽地吃着早餐，阿正呆呆地看着我。

我说，你不吃早餐？

阿正说，在家里吃了。

我说，那你是专门来看我吃早餐的？

阿正摇摇头说，不是。

我吃完十只生煎，喝完一碗紫菜虾皮汤，面对刚出笼热气腾腾的包子，正准备再去拿两只。阿正竟一把拉着我往外走。阿正这么主动地拉着我，倒令我很意外，也让我忘记了拿包子。

阿正把我拉到外婆家旁边的一条小巷子里，左右看了看，说，你知道电脑吗？

我摇摇头，马上又点点头说，知道知道。

阿正就在那条无人的小巷子里，坐在青石板上，开始和我说了这辈子最难听懂的话。虽然很难听懂，却是阿正说得最多最认真的一次。回想起来，应该是一些关于电脑编程的东西。我全程就在看蓝天白云和青石板，阿正罕见地滔滔不绝。

偶尔有几个熟悉的人路过，看见阿正正在书呆子一样地描述不可名状的东西，他们就会好奇地驻足一会儿，然后笑着摇摇头，唉，话都讲不利索，磕磕巴巴，一个字都听不懂。

阿正问我，你听懂了吗？

我若有所思地看着天空说，嗯，听懂了。

于是阿正又开始了一长串关于电脑编程的各种内容。

讲到小巷子里都飘出饭菜的味道了，我打了个哈欠问，唉，你电脑这么厉害，知道《魂斗罗》吗？《拳皇97》玩过吗？

阿正愣了一下说，下次你去县城看看更好的。

我心想，竟然还有比《魂斗罗》和《拳皇97》更好玩的东西，不禁想，要不就明天吧？

这个时候传来外婆的声音，阿挺，吃饭啦，阿挺，吃饭啦。

我说，啊啊啊，来了来了。

阿正说，明天吗？

我说，不然今天晚上吗？

阿正点点头说，嗯，今晚吧。

我一愣，说，那一会儿见。

晚上吃完饭，我和外婆说去小伙伴家玩，然后和阿正去了村口，跳上了开往县城的最后一班末班车。

我说，一会儿一定回得来吧。

阿正说，可以坐摩托车回来。

我说，你有钱的吧。

阿正捂着口袋说，有的。

我说，我不是要花你的钱，我是帮你省钱，到时候，我请你吃早饭午餐晚饭，包子生煎随便拿，行不？

阿正看着窗外，点点头。

到了县城，阿正带我去了他舅舅的住处。一个简单平实的房子里，一台电脑特别显眼。

阿正直奔主题，打开门之后的第二件事就是，打开电脑。

我说，你舅舅呢？

阿正盯着屏幕说，出去了。

我说，你舅妈呢？

阿正继续盯着屏幕说，没有。

两个问题之后，电脑开启。我环顾四周一圈，电脑屏幕上就显示出两个黑白的手掌，非常机械地一张一合。

阿正说，这是玩石头剪刀布的游戏。

我说，赶紧的，我们玩点好玩的，时间不够了。

阿正说，你等等。

过了几秒钟，又出来一个类似贪吃蛇的游戏。

我说，别看这些了，直接来好玩的。

阿正说，这就是好玩的。

我怔怔地看着阿正说，跑这么远，就来玩这个？

阿正说，不好玩吗？

我夺门而走，阿正在后面手忙脚乱了一阵，然后跟了出来。

我说，快，去哪里坐车，再不回去，我外婆要去派出所报案了。

阿正熟练地拦了一辆摩的，我们两个跳上了摩托车。

在呼呼的大风里，阿正依旧问我，游戏不好玩吗？

我趴在阿正背上说，都快过时了吧。

阿正说，那是我自己做的游戏。

我趴在阿正的背上，摩托车突突突地前进，夏天的风夹杂着摩的司机的烟味。我也没法理解那个年代阿正写出这几个小游戏的意义。我只想着早点到家，避免因晚回家被外婆一顿骂。

[4]

日子依旧这么平淡地过着。自从我对阿正的游戏表示无感之后，阿正就没有再和我说起过关于电脑的任何事情。阿正依旧是所有人眼里那个木讷的书呆子。周末的时候，阿正和母亲会出现在外婆的小吃店里，默默吃完一碗馄饨，我会和他闲聊几句，他反应平淡。

临近期末的时候，外婆见到阿正就说，快要考试啦，阿正你帮帮我们家小赤佬，不然又要被他妈妈打了。

我说，你怎么知道我考不好？

外婆说，每次暑假寒假前，总要打一次的啊。

我说，你和我妈说不打我不就好了吗？

外婆说，是啊，打也打不好，越打越笨，你看看阿正多乖。

不过，在很多人眼里，我以后会比阿正更有出息，他们觉得我机灵聪明，并且和他们玩成一片。阿正的父母甚至都在愁，阿正除了会读书，会玩玩电脑，什么都不会，以后到了社会上，不仅找工作困难，可能找女朋友也困难。

外婆让我学学阿正，好好读书。阿正的母亲告诉外婆，让阿正学学我，机灵活泼。

外婆说，机灵活泼先放放，马上考试了，我家小赤佬这样下去，大学考不上，高中也考不上，初中都要读不完了，小学文化，这年头小学文化能干吗？只能和我一样开小吃店了。

我说，你怎么知道我考不上？

外婆说，你妈说的，让我好好管管你，我小学文化，怎么管啦。

这时候，阿正终于插了一句话说，好的。

然后擦了擦嘴巴，走了。他母亲还尴尬地笑着说，就这样就这样，我们家阿正啦，就这样。

第二个周末，我的生活被改变了。阿正一脸认真地从书包里掏出书本和试题。在午后无人的小吃店里，阿正帮我辅导功课。我则哈欠连天，想着一会儿吃什么棒冰比较好。我和阿正东拉西扯，阿正却严肃认真地教我做题。

我说，最近还玩电脑吗？

阿正想了想说，在玩。

我说，在玩什么游戏？

阿正说，你知道互联网吗？

我说，有点知道，有点不知道。

其实我是完全不知道。

于是阿正和我讲了很长时间的互联网。他说以后不同地方的人都可以一起玩游戏，不同地方的人都可以一起聊天。阿正的描述在当时听来有点科幻。外婆在昏昏欲睡之后，也被阿正说的东西给吸引了。

外婆问，那以后我想和谁聊天就和谁聊天？

阿正说，是的。

我说，我外婆想和孙悟空聊天可以吗？

阿正不知道怎么回答。

外婆说，人家说的是人，孙悟空是神仙啊。

阿正说，有网的地方就可以。

我说，网不都在河里吗？

外婆说，那比电话还好啊？

阿正点点头说，是的。

外婆自言自语道，电话已经很好了啊。

我对阿正说，你想象力真丰富啊。

阿正说，不信你去问我舅舅。

我们就这样边闲聊，边补习功课。外婆给我们买了棒冰，还有冰冻茉莉、冰镇西瓜。在夕阳照进小吃店的时候，三个身影欢脱又安详。只是谁也无法预料，阿正对互联网的最初认识，伴随着我和外婆的开心好奇正在悄悄发芽。

[5]

阿正木讷的表情里第一次显出了愁眉苦脸的样子。

我咬着包子说，谁欺负你了，告诉我，就凭你让我数学考及格了，我就会给你报仇。

外婆说，一点没有初中生的样子，再这样下去，数学又要不及格了。

我拍了一下阿正说，说嘛，什么事？

阿正咽了咽口水说，我比赛得了一等奖。

外婆拿着勺子点点我说，你看你看，人家厉害不？又是一等奖。

我说，一等奖还这么不开心啊？什么一等奖啊？

在阿正挤牙膏一样的陈述中，我和外婆得知，阿正参加了一个电脑比赛，现在看来应该是一个编程类的比赛。在阿正爸妈眼里，那就是一个不重要的比赛，得了一等奖还不如啤酒瓶盖刮到大奖来得实在。关键阿正还要去领奖，领完奖还可以参加电脑培训。阿正的父母就三个字，省省吧。

我听完之后，语重心长地对阿正说，对啊，省省吧。

外婆说，阿正啊，这电脑这么厉害，学着以后会很有用吧。

阿正点点头说，是的。

我说，什么用啊，玩石头剪子布吗？

外婆说，那你要去哪里领奖培训啊。

阿正说，上海。

外婆说，三百块路费够不够啊？

我心想，外婆倒是很直接，似乎又要掏出三百块钱。

阿正说，舅舅会带我去的，但是爸妈不同意，也没钱培训。

外婆又问，培训费要几百块啊？

我说，电脑培训这东西几百块怎么够，肯定几千几万的，又不是小吃店培训。

外婆说，就你最懂。

阿正愁眉苦脸地离开了小吃店。没过几天，拿回来了一只奖杯和一本证书。没人庆祝他获奖，只有他舅舅给他买了一点零食。阿正的父母说，电脑这个东西就是越学越傻，你看整天盯着，盯久了话也不会讲了，你看他舅舅也是，都是机器人一样盯着电脑，脑子里想的都和我们不一样，以后怎么走到社会上去。

做海鲜生意的阿正父母，永远不理解电脑有什么好学的，他们对有出息的理解是，脑子灵活，能说会道。

外婆拿着阿正的奖杯好奇地看了很久，然后又翻开证书眯着眼睛一字一字地念。最后左手拿着奖杯右手拿着证书说，好东西啊，好东西啊，沉甸甸的一等奖啊，我可从来没有见过这样的东西，阿正，外婆要祝贺你。

阿正想收回奖杯证书放到书包里，外婆却依旧拿着奖杯和证书说，不容易啊，你看电视里人家得奖，都是拿着这两样东西，可开心了啊，我这辈子没拿到过这样的东西，我家小赤佬都拿不到，阿正啊，我们村也就你能拿到这样的东西。

我说，看不起我就算了，还看不起我们村吗？

外婆说，阿正，这电脑到底有多好啊，你倒再和我说说。

阿正说，只要上网了，全世界的事情都可以马上知道。

外婆说，这么先进啊？

我说，要知道干吗？有什么用？

外婆说，小赤佬，临市面（宁波方言，指打听动向、行情等）啊，懂吗？

阿正继续说，全世界的人可以一起玩，一起聊天，大家都可以成为朋友，以后就是互联网的世界，我舅舅说的。

我说，你舅舅这样，是不是找不到舅妈了？

外婆说，阿正，有用的东西就要去学，学一门手艺总归是好的，就像我做包子饺子也是一门手艺，就是这手艺传统了点，你脑子好、聪明，就要学新的手艺，不像我家小赤佬，没有你在，考试又要不及格了。

我说，那是你不知道我的电脑手艺，我玩《魂斗罗》三条命通关，你知道这是什么手艺吗？

外婆说，什么手艺？

我捅了捅阿正说，你解释一下。

阿正将奖杯和证书放进书包里说，我要去舅舅那儿了，我们一起写一个程序。

我对外婆说，程序是什么意思你听懂了没？

外婆说，别管听不听得懂，反正很厉害就是了。

阿正走的时候，外婆又塞了两只热乎乎的包子给他说，阿正，拿着啊，中巴车上面可以吃，外婆没有什么奖励你的，包子饺子随便吃，以后电脑手艺学成了，也给外婆看看啊，来表演一下，我这辈子没有看到过这么厉害的东西。

[6]

2018年的时候，我依旧在外婆家吃着生煎包子，所不同的是我已经工作了，而外婆的小吃店几乎没有变。

外婆戴着老花镜，拿着一部国产智能手机，划了半天，拿到我面前让我看。我看到的是一篇关于本地富豪的报道，外婆指着末尾处的一个名字说，看到了没？丁正岳。

我凝视了几秒钟说，这是阿正？

外婆说，是啊，你看看，这个二十多……多亿啊，这算是多少钱了？

我擦了擦嘴巴，不知道该怎么解释。

外婆对着手机，提了提老花镜说，那你现在多少钱一个月？

我又擦了擦嘴巴说，这个……能别提了吗？

外婆说，我就说阿正会是我们村最有出息的一个啊，你看看以前看不起他的，欺负他的，哪个有他厉害啊，当然了，每个人都有每个人的过法，阿正赚了这么多钱，也会有他的苦恼，前阵子，他回来，把爸爸妈妈都接走了，还在我这里聊了很久，他的公司在美国，那叫什么？上市？

我说，对的，美国上市，纳斯达克。

外婆说，啊，对，耐克达斯。

阿正对互联网的热爱，将其变成了自己的职业。大学毕业后，阿正和几个伙伴创办了一家互联网公司，主要从事游戏开发，阿正作为合伙人拥有公司的股份，公司获得融资后，经过几年发展，最终赴美上市，阿正的身家也暴涨。

我喝着熟悉的紫菜虾皮汤说，上次你和他聊了什么？

外婆说，他以前就说过这个网络啊，很厉害，你看，现在连我都在用手机上网。

我说，知识改变命运啊。

外婆说，不过我还是那句话，钱多钱少都有自己的活法，他爸妈一辈子住在这里，现在他要把爸妈接走了，其实也不习惯啊，对了，他还说要把我这个店盘下来。

我立即瞪大眼睛说，这一定要盘给他啊，让他运作运作，你这个小吃店开了几十年了，一定要跳出传统的模式，格局一定要大，要打造一个全新的餐饮概念，最重要的是引入资本运作，到时候结合互联网优势，进行产业融合，这样也有去美国上市的机会，这样在你有生之年，身家也有可能和阿正一样。

阿婆咬着包子说，紫菜汤虾皮汤再来一碗？

我继续擦擦嘴说，你别不信，你我各50%股份，我帮你和阿正去谈，就凭借我们的交情，那起码也得搞一个著名的餐饮连锁企业啊，到时候让你去美国敲钟。

外婆说，美国敲什么钟啊？

我说，上市啊，上市都是敲钟的，当一下，身家暴涨。

外婆哈哈笑了笑说，紫菜汤喝多了啊？

我说，人不是往高处走吗？

外婆说，一个人在小吃店安稳地过完一生，就是我的高处。

我说，你是不是拒绝了？你怎么和他说的？

外婆说，钱赚多了是好事，但没赚很多也不是什么坏事，这么多年来，我不是也很好吗？你拿着几千块的工资，不是也很好吗？

我挠了一下头说，停，伤人的事情不要提。

后来我和外婆再也没有见过阿正。每个人都有自己的生活，或者回来，或者离开，或者一直在这里。我走过村里的几条小巷子，偶尔回忆起阿正在这里和我讲那些关于互联网的晦涩难懂的东西，以及大部分人对他的嘲笑和愚弄。

我问外婆，阿正应该不会回来了吧？

外婆和着面粉说，人家只是去了他本该去的地方。

我说，他不是出生在这里吗？

外婆说，出生不能选，命运能选。

我说，那你的意思是这里不好了？

外婆说，不好我能在这里待一辈子吗？

我说，那我呢？

外婆说，给我去水缸里舀点水来吧。

这场景好像十多年前的那个傍晚，时间在明暗间交替，而那些人与事物依旧温暖、简单又纯真。

Chapter 07
货车独行者

[1]

大潮是一名货车司机，经常开着一辆厢式货车奔走各地，去过很多地方。这是一个改变外婆小吃店方向的男人。起初外婆的小吃店只是在早上卖卖生煎包子和馄饨，大潮出现后花样就多了。

小吃店对外卖的第一碗炒面和两个炒菜是这样出现的。

有一天中午的时候，大潮到小吃店来，要一碗炒面。

外婆说，炒面是炒给自己吃的，不卖。

大潮就说，我大老远从江苏开了十多个小时回来，睡也没睡，喝也没喝，双手发麻，双腿发抖……

外婆说，好好好，炒炒炒。

炒完面，大潮吃了一口说，要不再来两个小炒吧。

外婆说，那真没有。

大潮说，昨天晚上我从江苏出发，开到太湖边的时候，路上空空荡荡，南边天空突然有一道亮光出现，一闪而过，紧接着我右侧传来一阵声音，发现竟然是……

外婆拿着抹布说，竟然是什么？

大潮瞥了一眼厨房说，你先给弄个番茄炒蛋和凉拌鸡丝。

外婆说，多老娘钿（宁波方言，带有埋怨、后悔之意）。然后就回厨房迅速给大潮做了两个菜。

一碗炒面和两个菜放在大潮面前，大潮就把手伸到大衣内侧袋。

外婆见状说，不急，吃完再付吧。

大潮从内侧衣袋里掏出了一瓶二锅头，一声不吭，打开喝了一口。

外婆呆了两秒说，这二锅头倒藏得真好。

大潮就一口面一口菜一口酒地吃了起来。

外婆站在一边问，那个你在右边听到了什么？

大潮咂咂嘴说，想听是吧？

外婆看着大潮说，怎么？还要炒菜？

大潮慢悠悠地说，那倒不是，提点建议啊，就是以后你这个店里东西品种要再多点，各种菜啊，或者酒啊。

外婆转身说，好了，不说就不说吧。

大潮说，别走啊，我还没讲完啊，然后又喝了一口二锅头说，就是旁边手机铃声响起来了，是我老婆打来的，吵着要逼我离婚啊，你说我这么辛辛苦苦挣钱养家，对她这么好，她竟然逼着我离婚，跟别人跑了，回到家冷锅冷饭，什么都没有，不然我怎么会坐在这里吃饭。

说完啪的一声，二锅头瓶子在地上碎了一地。

我受惊一看，吓我一跳。外婆塞给我一把扫把说，扫。

外婆回过头一脸惊呆地看着大潮，大潮有点晕乎乎地用手捡地上的玻璃碴子说，不是故意的，不是故意的。

外婆过去把玻璃碴子扫掉，然后给他倒了一杯水说，慢慢吃吧。

大潮扑通一下坐到地上说，我快没有家了。

[2]

从这以后，大潮就经常来外婆的小吃店吃饭。从外地回来就把那辆厢式货车直接停在外婆小吃店的门口。

外婆会拿着扫把敲敲货车的轮胎说，稍微靠边点啊，把我人都挤苗条了。

大潮不仅在外婆家点菜，还自己从菜场把菜买来。

自己在外婆家后院种了青菜、玉米。

买来了酒在外婆家放着。

买来了鱼在外婆家养着。

买来了水果种子，在后院种了葡萄、青瓜。

买来了小鸡养着，说养大了再吃。

大潮的食谱越来越丰富，有一天他说想吃椒盐牛仔骨，牛要本地的菜牛。

外婆忙说，你不要牵一头牛过来养啊，我只是一个卖包子的。

大潮听了，一个人举着杯子笑笑。

大潮没有活的时候，能在外婆家吃上一天。早上吃完包子，出去溜达一圈，中午就回来炒几个菜吃，吃完再出去打几圈麻将，晚上接着来吃。所以大潮不仅改变了小吃店的经营内容，而且也改变了经营时间。

有一个晚上，大潮一个人吃到一半，打了电话又叫了一个人过来一起吃饭喝酒，吃着吃着又来了两个人，结果掏出扑克牌，开始了斗地主。

外婆一看形势不对，走过去说，走的时候把门给关了啊，我先睡觉去了。

大潮打着嗝说，放心放心。

结果第二天起来，门还开着，四个人还在打牌。

外婆一边生炉子，他们一边喊“10一对”“我炸”，然后就开始互骂起来了，骂着骂着就动起了手，结果桌子掀翻了，四个人扭作一团。

外婆拿着热扑扑的火钳说，再打，我用火钳烫了啊。

四人继续混战，另一张桌子也被撞翻，碗碟碎了一地。

外婆说，我叫警察了啊。

四个人起身，其中三个人说，报警报警，赶紧报警。然后指着大潮说，这小子作弊，还这么猖狂。

大潮看着小吃店内一片狼藉说，报吧，来抓我啊。

三个人骂骂咧咧走了，外婆拿着扫把默默扫着地。

大潮冷静了一会儿自言自语道，损失巨大啊。

外婆说，我店里一共四张桌子，你给我掀翻了两张。

大潮说，我赔，我一定赔。

外婆说，别赔了，老婆都快没了，还赔什么赔。

这话说得大潮满脸忧愁。

[3]

大潮消失了段时间。一个多月后的中午，大潮才再次出现在外婆的小吃店。这次没有开着那辆货车。

一个人默默地坐下。

外婆说，吃什么？

大潮说，有什么吃什么。

外婆说，那什么也没有了。

大潮抬头看了一眼外婆说，那来杯水吧。

外婆看着大潮情绪低落，于是在厨房哧哧哧炒了一盘酸辣土豆丝和一盘葱爆牛肉片。

放在大潮面前的时候，还倒了一杯白的，大潮一饮而尽，脱口而出，妈呀，是酒，我以为是白开水。

外婆看了他一眼说，自酿的。

大潮竖起大拇指说，好，比茅台还好。

外婆说，看你好像有什么事，输钱了，还是老婆又逼你了？

大潮看了周围一圈，笑笑说，没事，你说，人活着的意义是什么？

外婆看了他一眼说，你吃快点啊，我等着洗碗。

大潮吃了几口菜笑笑说，我帮你洗，我晚饭也在这里吃吧。

吃了几口大潮又说，老外婆啊，你最亲的人是谁呀，是那个外孙不？

外婆说，多着呢，来小吃店里吃的都亲。

大潮想了想又说，如果你那个外孙有一天出事了，譬如被打了被撞了，那你怎么办？

外婆正拿着菜刀在砧板上切肉，听到这话，拿着菜刀说，谁打我外孙我切谁。

大潮尴尬地笑笑说，你这一点都不讲道理。

外婆继续切着肉说，讲什么道理，人不犯我我不犯人，人若犯我我犯死他人。

大潮白酒有点上头说，你一个老太太，也太猛了。

外婆不搭话，继续猛切肉，大潮看了一眼外婆说，你这是在做什么？

外婆说，做晚饭啊。

大潮说，我这中饭还没吃完，你就开始做晚饭了？

外婆说，年纪大了，动作慢，要不是你，我就只是早上卖卖包子，对了，我可不是赚你钱啊，我只是看你老婆也快没了，没地方吃饭，就做点给你吃。

外婆说完就朝后院走去说，给你拔几棵你种的青菜。外婆在后院里边拔菜边喊，两棵够了吗？然后继续喊，玉米要不要啊，玉米？

大潮没有反应，外婆想，是不是喝多了啊，走到店内一看，人没了。

就这样一直到晚上都没有回来。

[4]

大潮因为驾车肇事逃逸被拘留了半个月，回来后第一时间又坐在了外婆的小吃店里。

外婆给他倒了一杯水说，怪不得那天问我外孙被打被撞怎么办，原来是你自己撞了啊，撞人还逃走，你个没良心的东西啊。

大潮小心抿了一口水说，妈呀，我以为是白酒，怎么是白开水。

外婆扫着地说，还想喝白酒。扫着扫着就到门外和大家围成一团聊了起来。

大潮一个人默默坐了十多分钟，等外婆进来的时候听她说，哦哟哟，镇上的老刘被别人打成重伤，没送到医院就死了，你说这无缘无故的，横祸啊。

大潮说，所以人活着的意义是什么，横祸什么时候来都不知道，还是吃好喝好吧。

外婆说，啊哟，你吃好喝好，我可是要累死了。

外婆突然扫把一挥说，对了，你老婆真要走，就让她走吧，再去找个啊，找个能在家里一起吃饭的。

大潮说，找老婆这么简单吗？

外婆说，那还是我每天做各种菜给你吃简单呀？

大潮没说话，坐了一会儿就走了。

那阵子大潮好像特别忙，就早上过来匆匆买几个包子。

外婆说，又去跑长途了啊。

大潮说，为了生活没办法啊。

外婆说，这次去哪里啊。

大潮说，去湖南送货啊。

外婆说，带个湖南老婆回来啊。

下午的时候，大潮又来找外婆说，能不能借五百块。

外婆说，你不是去湖南了吗？

大潮说，车子坏了，要修，没钱，回来还你。

外婆用零钱凑了五百给了大潮。

第二天晚上，大潮又来到了外婆小吃店。

外婆说，还没去湖南啊。

大潮说，车还没修好，有什么给我炒两个吧。

外婆说，只有青菜和炒肉片了，和我一起吃吧。

昏黄的店内，外婆和大潮边吃边聊。

大潮说，你这手艺都跟谁学的，做得这么好吃。

外婆说，都活了这么多年了，连这几个菜都不会做，不是白活了。

大潮笑笑说，我感觉我白活了，什么都不会，什么都不顺。

外婆吃着青菜说，你说说看你还有什么不顺的。

大潮叹了口气说，就是我女儿，现在就靠药维持着，天天往医院跑，那天要不是急着送我女儿去医院，我也不会撞了人就逃。

外婆说，你想，万一是你女儿被汽车撞到了，那人还逃走了，你会怎么样？

大潮说，你这例子举的，什么叫我女儿被汽车撞了？

外婆说，上次你不也说我外孙被打被撞的嘛。

大潮说，唉，要是我离婚了，最放不下的就是我女儿，大部分时间都在医院，我真的心疼。

看着大潮一脸的愁眉苦脸，外婆说，我去给你买瓶酒吧。

大潮看了看时间说，不了，我还有事得走了。

外婆说，这才吃了几口啊，就这么着急啊。

大潮擦擦嘴，然后就走出了店门外。

一个多小时后，外婆躺在床上，外面响起一阵急促的敲门声。外婆打开门一看，还是大潮。

外婆说，怎么？夜宵我真的不做啊。

大潮从口袋掏出五百块说，你拿着。

外婆说，怎么这么快就有钱了。

大潮想了想又摸出五百块说，这你也拿着。

外婆说，哎，我可不收啊，这算什么钱。

大潮进到店内说，有空去二院帮我看看我女儿，拜托了。

外婆说，这次去湖南要这么长时间啊。

大潮说，也不是很长。但他突然略带哭腔地说，我女儿都没有人好好关心她，我没在的时候，拜托你去看看她。

外婆拿了钱，嘴里嘀咕着，这二院到底在哪儿。

外婆见他欲哭无泪的样子说，妈不好，你就给孩子换个妈啊。

大潮说，就先这样吧，转身走了几步又回来说，对了，我女儿叫蒋晓梅，那个……

大潮欲言又止的样子。

外婆说，怎么了？孩子不是你亲生的？

大潮说，什么呢，怎么可能。

外婆说，那大半夜的还有什么重要的事？

大潮叹了一口气，看着外婆说，其实，镇上老刘是我杀的。

外婆呆了几秒，立即把大潮拉到小吃店里面，让他坐着。

大潮说，你别急，你听我说，我老婆就是跟了老刘……那天我就去找他……但是情况呢，是这样的……

外婆朝他说，大潮，你冷静啊，你听我说，真的，好好听我说。

大潮说，不是，你先听我说。

外婆说，不不不，大潮，看在我做了这么多次饭给你吃的分上，你就听我一句，就一句。

大潮说，好，我听着。

外婆放平语气说，你坐着，我进里屋，报警，我和你一起等着警察来。

大潮摇摇头说，你听我说，具体情况是这样的，我把他打伤之后，他就……

外婆从里屋又出来说，对了，我家没电话，我们去对面阿良超市打，我陪你去。

大潮猛地起身说，我走了，照顾一下我女儿。

外婆说，你走不走，我都要报警。

大潮突然苦笑说，一定要这样吗？

外婆说，人命关天，难道要逃一辈子，你想你女儿一辈子没有爸爸吗？

大潮说，我没有杀人，是他自己砍死的，我没有杀人。说完就跑掉了。

外婆看着大潮的背影，走到了阿良超市，拿起了电话。

[5]

一年后，大潮再次坐在了小吃店里。大潮并没有坐牢，因为当初大潮和老刘发生口角后，老刘操起菜刀就追砍大潮，大潮奋力反抗，最后刀不小心砍到了老刘自己，老刘失血过多死亡。大潮被判正当防卫。

外婆问，你这一年去哪儿了？

大潮说，大家都说我是杀人犯，不敢回来。

外婆端着一碗热气腾腾的馄饨说，先吃着，晚饭我慢慢做。

大潮坐在外婆的小吃店里，店里的人就不敢进来了，大家第一次看到大潮都有一种要被杀掉的感觉。

大潮说，今天是最后一顿饭了。

外婆说，怎么了？你种的菜，养的鸡，存的酒，都还没吃完呢。

大潮说，我要出去了。

外婆说，出去了，那就等回来再吃吧，这次去哪儿？

大潮说，这次出去了就不回来了。

外婆一边张罗着晚饭，一边若有所思，然后想了想说，女儿呢？

大潮说，女儿我带走。

外婆说，那你把菜都摘了，鸡都杀了，吃完再走。

大潮说，我不会杀鸡。

外婆说，鸡都不会杀，怎么会杀人呢，唉。

这一顿晚饭，大潮和外婆吃得百感交集。

大潮说，以后这个地方我就再也不会来了。

外婆没有说话，看了四周一圈，突然想到什么，从里屋拿出一个小香袋说，你拿车上去挂着，保你一路平安。

大潮说，我的货车已经卖了。

外婆犹豫了一下，把香袋塞到大潮手里说，那就随身带着，一定会平平安安的。

大潮把香袋放进口袋说，我要谢谢你报警。

外婆说，你犯了错，走得很远，也是在逃，你没犯错，你走得远，那才是自由。

大潮咽了一口饭说，这次我真的要走远了，我要去……

外婆打断他说，不用说了，说了我也不知道，人啊，来来去去很正常，要是这里不开心，以后就忘掉这里吧。

大潮从口袋里掏出两千块，放到桌上推到外婆面前。

外婆说，这个你不用给我，我肯定不会要。

大潮说，我不是给你钱，我是买单。

外婆说，最多一张，我还要找你。

大潮说，我把货车卖了，有了点钱。

外婆说，货车都卖了，老婆也没了，留着点钱给女儿和你自己吧。

大潮喝了一口白酒，起身向外婆告辞。临走前，他忐忑地和外婆说，以后别人说起我，你能不能帮我说一句，我不是杀人犯?

外婆说，我会说一百句你不是杀人犯。

大潮说，那我走了。

外婆说，也只有我知道你连鸡都不敢杀。

大潮借着月光和微弱的灯光，离开了外婆的小吃店，外婆一直目送到他消失。

外婆回到屋里，收拾完毕后，到后院张望了一会儿，对着那些蔬菜、水果、鸡、酒说，我就不吃你们了，等你们生老病死，我就把你们埋了。

其实大潮逃走的那一晚，外婆拿起电话，并没有报警，她犹豫了很久，最后自己跑到派出所告诉警察，大潮跑掉了，但是他没有杀人。凭借大潮的那句“我没有杀人”，凭借那个语气，外婆说，只有我和警察看得出大潮是个好人。

再后来，瓜果蔬菜和鸡都没有了，只有那一缸酒还一直放在小吃店的某个角落，分不清里面是陈酿老酒还是旧事故人。有些地方，对某些人而言永远只是一个驿站，就像货车司机大潮那样，每到一处，都是短暂停留，直到把货车卖掉，告别家乡，去往旅途中下一个未知的驿站，带着外婆在微光下缝制的平安香袋。

阿珍

Chapter 08

踏入星辰的女人

[1]

阿珍的念叨功夫名震全村，令人闻风丧胆。主要有三大特点。

第一大特点，只要给个点，就能念成一篇文章，且字字扎心。比如别人说一句，我饿了，阿珍听见后回头就会念道，你看这人颧骨凸起眼窝凹陷眼圈漆黑下巴尖尖的，面色苍白憔悴，再看肚子瘪瘪的，和后背要贴起来了，人又瘦瘦小小的，两只肩膀垮拉垮拉的，头发和鸟窝一样，大腿还没我手臂粗，一看就是一个饿死鬼投胎，的确要多吃点别饿死了，这辈子要是再饿死……

一般都是外婆打断喊停，阿珍才会停下来。在我为作文写不到四百字而苦恼的时候，尤其佩服阿珍这种扩句扩篇不知结尾在哪儿的能力。

阿珍念叨的第二个特点是，一个主题持久性极强。譬如关于她丈夫夜不归宿的事情，念了很久。我已经从三年级念到了四年级，阿珍还在念这个事情。

阿珍念叨的第三大特点是，一句话循环往复，譬如，这下真的完了啊真的完了，你饭吃了没啊饭吃了没，你怎么不去死啊怎么不去死。另一种是在此基础上，重复强调，譬如，我要打死你啊打死你，打、死、你！后面一字一顿，分贝提高，铿锵有力，节奏语调堪称念叨奇术。

阿珍到外婆的小吃店，一坐下，我就凑上去，学着阿珍念念有词，昨晚老公又没回来啊又没回来。

阿珍慢悠悠地挥挥手说，去去去，小孩子懂什么，唉，不过确实没回来啊没回来。

周围几个人顿时爆发出一阵笑声。我正开怀大笑的时候，外婆凌空一巴掌扇过我头顶，沾手的面粉纷纷扬扬，似乎古装剧里高手过招的夸张效果。

我看着外婆说，为什么打我啊为什么，我是你的小祖宗啊小祖宗，小、祖、宗！

周围人又是一阵爆笑，外婆又是凌空一巴掌，面粉扬了我一脸。

外婆这种“凌空绝招”也是一大特点，看着气势凶猛，威力十足，实则一根毫毛都没碰到。精神遭受震慑，肉体免受伤害。

外婆拿过一笼小笼包子给阿珍说，阿珍，你呀别多想啊别多想。然后自觉不对，忙改口，好了，阿珍，先吃，别多想。

我坐到阿珍对面说，阿珍……

外婆说，阿珍是你叫的？

我说，哦，那留给你叫吧，阿珍姐啊……

外婆说，没大没小，叫阿珍外婆。

我说，阿珍外婆，这男人啊，就不应该惯着他，也不用对他客气，他要走，你就当他是个屁！

外婆拿着锅铲，看着我说，才多大啊，就开始说这种话了？

我说，这不是你说的吗？

外婆说，去，赶紧和阿旺玩去。

我转头学着外婆的语气说，阿珍，你要相信我，女人啊不能太惯着男人，这一旦惯坏了啊，那就无法无天了。然后我顿了顿指着外婆说，我作为男人，就经常被她骂。

说完我就一溜烟跑了，外婆在后面假装要把手中的锅铲扔出来，骂了一句，小赤佬，没规没矩。

在我又跑回来吐舌头的时候，外婆就一把拉过我，咬牙切齿地说，没大没小，先打一顿再说。然后对阿珍说，阿珍你先坐会儿，我好好教育一下他。

外婆一把将我拎到里屋，拿出一把木尺，我一看这阵势不对啊，要动真格。我马上求饶，别别别，我错了，错了。

外婆拿着尺在自己手心啪地打一下说，让你没大没小。啪地又打一下说，让你没规没矩。啪地再打一下，记住了没？

这一阵啪啪啪的声音，听得外面的阿珍心惊肉跳，赶忙进来，外婆正打算往自己手心打第四下，结果看到阿珍，那一下直接打在了我的屁股上说，知道错了没？

我哇地喊一声，知道错了，知道错了。

阿珍忙劝阻说，别打了啊别打了，这么机灵的小孩，打坏了怎么办啊怎么办。

我假装怜悯，伸出一只手喊，阿珍外婆，救我啊救我。

外婆一把打掉我的手说，演电视剧啊。

然后她一把抱起我，揉揉我的屁股，小声在我耳边说，疼不疼，疼的话外婆给你去买可乐喝。我忙说，疼疼疼，疼死了。

外婆说，不疼的话给你去买肯德基。

我立马止住说，哎，不疼了不疼了。然后拍拍自己屁股说，看看，一点事情没有，再打两下也可以的。

阿珍看着我开始念，这个小机灵鬼啊，你看长得浓眉大眼的，面相方方正正，皮肤白白嫩嫩的，那眼珠子乌黑乌黑的，一会儿转到左边一会儿转到右边，还有右边的小酒窝，一会儿有一会儿没有，这个一看啊就是聪明过人，十年后，不不不，五年后啊，以后一定会……

我说，眼珠子不仅能从左边转到右边，还会从上边转到下边，你看着啊。

阿珍放下筷子说，来来来，我看看……

外婆此刻站在店里说，阿珍啊，小笼包再不吃，我店要打烊了。

[2]

这一天，阿珍来到外婆的小吃店。外婆让我给阿珍端上生煎包子，我拿过去，想坐在阿珍对面一边吃早餐一边和她一起念叨。大家都怕阿珍念叨，只有我觉得充满乐趣，而阿珍对我念叨兴头也更足，这样我们相互念叨来念叨去就会消磨很多无聊的时光。

我拍拍坐在阿珍对面的男子说，你让一下，我和她是一起的。

阿珍此刻已经从今天的天气开始念叨，全然不顾我和对面的男人。

那个男人不说话瞪着我，我指指旁边说，换个位置，我是她儿子，啊不，孙子。

那个男人还是瞪着我，摇摇头，不说话，我一看有点不好惹，于是自己搬来一把椅子坐在阿珍旁边。我拿起一只包子，咬了一口，手自然地垂到桌子底下，阿旺突然走了过来，舔了舔我手中的包子，然后把我的包子叼走了。

我正想和阿珍相互念叨，只见阿旺几秒钟就把我的那只包子吃完了。

阿珍见状立即切换念叨主题，啊呀，你这个死黄狗啊死黄狗，黄毛小杂种，小畜生学会做起人了，你以为你是天狗啊，还瞪着我吐着舌头摇着尾巴，你说你吃屎吃尿，屎尿混着吃拌着吃蘸着吃都没事，可你……

一听到屎尿有这么多种吃法，小吃店吃早餐的人顿时都停止了动作，一时间仿佛时间静止了。

外婆也拿着锅盖愣在那里，还是我最先打破僵局，我说，阿珍外婆，昨晚老公回家了没？

此刻，小吃店几名顾客匆匆离开。阿珍最巅峰的时刻，就是能将小吃店的顾客念叨一空。

外婆继续拿着锅盖说，哎哟，阿珍，屎尿之事，不要在小吃店讲啊，你看看，你看看，全村都被你吓跑了。

我一看，坐在阿珍对面的男人还在淡定地低头吃着生煎。我仔细观察了一下他，面部从容，举止淡定，再看，似乎也不是村里人，眉宇间尽是陌生，徒增一份神秘气息。我心里想着开口的台词，这位大侠，不知何方神圣，为何而来，为何又不走？想了一会儿脱口而出，大哥，你怎么还在吃？

大哥继续低头喝汤，我说，大哥，汤好喝吗？我是这里的老板。

大哥抬头和我摇摇头，继续低头喝汤，不发一言。这汤喝得我心里发怵。

我看着阿珍，说，我们遇到高人了。

阿珍说，他是聋子啊。

我说，啊，残疾人啊，我的妈，我以为是世外高人，原来是个聋子……

我还没说完，又被外婆从后面拉住耳朵，一把拽进了里屋。外婆又拿出了尺子，我忙说，别别别，不用这么麻烦，换我拍手就可以了。

我啪地一拍手，说，来，可以开始了。

外婆说，你这个小赤佬啊。于是我又一拍手，外婆说，叫你乱说话啊。我又一拍手，外婆说，让你不长记性啊。我再一拍手，外婆说，哦哟，手疼不疼啊。我反应不过来，愣了很久。

晚饭的时候，外婆说，要多吃，少说。

我说，那不是要肥死啦。

外婆说，不要整天瞎嚷嚷，大庭广众什么残疾啦残疾。

我说，那是谁啊？

外婆说，是阿珍的儿子，在采石场打工，耳朵被炸聋了。

我说，要死了，我还和他说我是阿珍的儿子孙子。

外婆夹了一块肉说，所以让你闭嘴，人家还以为我没教好你呢。

我说，阿珍不也是念念叨叨，比我还厉害啊。

外婆说，家家有一本难念的经，要学会体谅别人。

我说，我也有一本难念的经，你体谅一下我。

外婆说，你的经，都是我帮你在念。

[3]

那一天，小吃店旁边，老屋翻新，我在那边捡石子玩。

一个男人出来赶我，走开，赶紧走开。

我拿起小石子就朝他一扔，那人刚要骂几句，阿珍就拎着两只水泥桶走了出来，然后边拌水泥边说，你啊，这都能玩啊都能玩，又是石子又是泥的……

我打断阿珍的念叨说，这也是你家啊？

阿珍说，别人家，我在干活呢。

我说，你一个女人力气好大啊，我可一个都拎不动。

阿珍吃力地铲着水泥说，以后你要好好听话啊，不听话我一只手就把你拎起来。然后又吃力地哎哟一声说，拎起来啊，再转三圈，三圈又三圈啊。

最后因使不上力气，铲子掉落在地。

我说，要不要我帮你啊。

阿珍说，你们男人啊，有什么用啊，都要靠我自己。

我说，我还不是男人，我是儿童。

阿珍喘着粗气摇摇摆摆提着两个满满的水泥桶进去了。

这一天，我知道了阿珍的职业有很多种。除了在镇上的工厂干保洁，其他零活都有阿珍的身影，也不管是多重的体力活。

我对外婆说，阿珍外婆，好能干啊。

外婆说，为了生活啊，都要忍着。

我说，我也是为了生活啊，要忍着。

外婆瞪着我说，你忍什么？

我说，为了生活啊，你打我骂我我都忍着。

外婆说，我什么时候打过你？

我想了想说，在梦里。

外婆说，好了，那可以去睡觉了。

我说，才早上九点啊。

外婆说，让我好好打一顿。

除了看见阿珍拎水泥桶，我还看见阿珍骑三轮车。阿珍的三轮车后面装了满满一车物品。外婆说，这是阿珍在帮王老板搬家。王老板的小作坊要搬到镇上去，在想是不是叫一辆小货车，或者叫哪个男人拉一下。阿珍得知，借了一辆三轮车，硬是让王老板让她拉货。

阿珍吭哧吭哧骑着三轮车的样子，有点不协调，不像坐在小吃店里念念叨叨的女人。

阿珍的三轮车驶过外婆小吃店的门前，我和阿珍打招呼，阿珍外婆，你好厉害啊。

阿珍喘着气说，让开啊让开，我经常刹不住的啊。

我小跑着说，你是去镇上吗？

阿珍吃力地蹬着说，是是是，你呀你，别跑了啊，你看你滴溜溜的小短腿……唉，不说了，要断气了。

阿珍只有这个时候，才不会念叨。没有任何人能够让阿珍停止念叨，除了生活本身。

外婆此刻在店门口喊，不要跑啦，腿和胳膊啊被轮子夹进去，那就完了啊，回来。

我跑着跑着就跳到了车上，阿珍一回头说，上来干吗？

我说，带我去镇上转转吧。

一路上我和阿珍闲聊，这次我比阿珍唠叨多了，阿珍喘着气说不了很长的句子，经常接不上话。我坐在三轮车上，蓝天白云，微风徐徐，惬意无比。阿珍骑着三轮车去了镇上几个点，装货卸货，来来回回跑着。看着她吃力的样子，我也想去帮一把，阿珍说，别碰啊，东西摔坏了我赔不起。

我说，我赔得起啊。

阿珍说，你拿什么赔啊？

我说，拿外婆赔啊。

阿珍说，小赤佬啊小赤佬，没良心啦。

中午的时候，在一个工厂门口，一个老头递给阿珍一盒盒饭，阿珍转手递给我，然后对着老头说，师傅，米饭能再给一盒吗？

我打开盒饭，里面有几片青菜和香菇，还有几块肥肉。阿珍在旁边扒着那盒白米饭，看了一眼我的饭菜说，菜还不错。

我说，太难吃了，扔了吧。

阿珍说，别别别，不要吃给我吃啊。

我和阿珍分享着几片青菜和肥肉，我说，你儿子是聋子啊。

阿珍愣了一下，如果外婆在，我保准又被拉着耳朵拖进屋里去了。

阿珍嚼着白米饭，看着三轮车说，对啊，唉，不说了。

我说，说嘛，你可是我们村里说话最多的人。

阿珍端着盒饭说，我其实话讲得不多。

我说，为什么啊？

阿珍说，在家里说了也没人听得到。

我说，你老公还没回家吗？

阿珍大口扒着饭说，小小年纪啊，不要打听老公不老公的，你再问我告诉你外婆去，拖到屋里狠狠打一顿。

我夹了一块肥肉给阿珍说，那你多吃点肥肉吧。

[4]

这一天阿珍看起来很高兴，坐在小吃店里和我念叨了一会儿，全是夸奖的话，但也不吃东西。等到客人都离去后。阿珍走到外婆身边，开心地说，阿强要回来了啊要回来了。

外婆一听说，这么快，不是说明年吗？

我一听，立即凑过去说，阿珍外婆，你老公要回来了吗？

外婆白了我一眼说，大人说话小孩子不要插嘴。

于是我把头凑到他们两个之间说，那我好好听着呀。

阿珍顺势摸着我的头说，阿强乖啊，争气啊……说得好像我是阿强似的。

我说，说阿强的时候能不能不要摸着我的头，我不是阿强，对了，阿强是谁？

外婆不理我，继续和阿珍说，好好好，很好，阿强来了，我一定要弄三十个生煎包子给他吃，你还记得不，阿强以前可以吃好几十个，这还不算馄饨面条的……

阿珍也开心地接着话，是是是，那个时候就又高又壮了，几十个生煎包子根本不算什么，在家里米饭能吃五碗，一顿五碗。然后她对着我的脑袋画了一圈说，就和这个差不多大的碗。

外婆则又把手平放在我的头上，然后往上一拉说，个子起码又高了一半。

阿珍双手搭住我的双肩说，身体也宽了一半。

我茫然地抬头看着他们说，阿强还是人吗？

阿珍念叨完离开后，我问外婆，阿强真的有这么强吗？

外婆说，那是啊，当年，阿强一个人打十多个人啊，拿着菜刀，冲出去，哗一下，十多个人全部被吓跑了。

我说，后来呢？

外婆说，后来，十多个人又回来了，把阿强打了一顿，阿强就进到医院去了。

我说，所以一直到现在才出院吗？

外婆说，不是啊，没三天就出院了，阿强又去找他们了，把他们又砍伤了，阿强又进到派出所去了。

我说，所以现在才放出来吗？

外婆说，唉，是啊，打打杀杀总归不是一件好事啊。

我说，阿强简直不是人啊。

外婆说，怎么说话的呢，以后不许在小吃店乱说话。

我说，不是人，意思是很厉害。

外婆说，那你千万不能学阿强这样啊，不管遇到十多个人打你，还是再大的事情，都要讲道理啊，不要菜刀挥来挥去，这样会伤害别人也会伤害自己，还会损坏菜刀，尤其你这样的，菜刀拿不稳，挥一下容易不小心飞出去，还会伤到我这样在旁边看的人，听懂没？

我想了想说，有多大的仇啊，有十多人要打我？真有十多个人打我，你还不帮我吗？我还不求饶吗？

外婆说，真没出息，动不动就求饶了。

我说，这不是按照你说的做吗？

外婆说，我说的是求和，不是求饶，遇到困难要抬起头，挺起胸，不卑不亢，尽力解决。

我说，说到底还是需要一把菜刀呀，没有菜刀怎么抬得起头啊。

外婆说，行了，下次我给你磨一把。

没过几天，阿珍就和阿强一起来店里吃早餐，一起来的还有那个聋子儿子。

外婆马上说，阿强啊，来来来，坐坐坐，三十个生煎包子，马上给你上，味道老一样没有变。然后对我说，这我外孙，快，叫哥哥。

我看着五大三粗的阿强说，强哥，啊不，阿强哥哥，好。

阿强笑着拍拍我的肩膀，顿时拉近了距离，于是我脱口而出，我听说你以前一人单挑十多个人，拿着菜刀，嚯嚯嚯……

我还没说完，外婆用一只肉包把我的嘴巴堵住了，我一口咽下去，看着尴尬的外婆和阿珍，含糊着说，嚯嚯嚯，都嚯掉了是吧。

阿强笑着，捏了捏我的胳膊说，年纪不大，肌肉还挺结实的。

于是我主动撩起袖子，摆起了健美姿势说，怎么样?

外婆看了一眼说，小肥肉，就不要拿出来看了。

阿珍开始念叨大法，好了，冻死你啊冻死你，赶紧把袖子放下来，这衣服倒是不错啊，是你外婆给你买的吧，你看你外婆对你多好，胸前的小熊多漂亮，你啊，一定要对你外婆好，以后长大了，不要做个忘恩负义、没心没肺、冷酷无情、不知回报的白眼狼，你要是个白眼狼啊，我阿珍也对你不客气，头发抓住，举到三米高，正转两圈，反转两圈……

阿强说，妈，再不吃，生煎就冷了。

[5]

小吃店快打烊的时候，阿珍哭丧着脸坐在店内，念叨着，没有办法啊没有办法，他到今天都没有怎么回来过，但是我的心里一直有他啊，无论他在外面怎么样，总归是我的老公对吧，这次真的遇到困难了，如果我不去，那我真的是铁石心肠、狼心狗肺、无情无义……

外婆说，好好好，先去吧，别讲了，再讲天黑了。

说完，外婆掏出三百块说，拿着，一点心意。

阿珍说，钱怎么能要，不要不要不要……

外婆说，三百块呢，没什么太大作用，但意义很重，三嘛，就是坏运都散开，拿着吧。

我在旁边端着碗说，那三块也够了啊，也有散开的意思。

阿珍说，唉，聪明啊聪明，小机灵就是小机灵啊……

外婆说，明天开始饿着吧，饿到会好好说话了再吃饭。

我说，我错了吗？我有错吗？

外婆捏住我耳朵说，疼吗？

我说，错了错了我错了。

阿珍和阿强一起走了。我问外婆他们去哪里了。外婆告诉我去城里了。

外婆边吃饭边感慨，阿珍老公住一晚就要一千多块啊。

我说，哪个酒店这么贵啊？

外婆说，第一人民医院。

我说，癌症吗？

外婆用筷子指指我说，你呀你，说话要经过脑子。

我说，那是感冒吗？

外婆夹了一片青菜说，是癌症。

我说，那，我没说错啊。

外婆叹了一口气说，有些事情很残酷啊，还是不要说出来好，说出来就难过啊。

我说，那要怎么说啊。

外婆说，别说，放心里就好了。

这时候，外面突然传来一阵敲锣打鼓的声音。外婆迅速反应道，不好了，出事了。

我说，啥事啊？

外面就传来大喊声，着火啦，着火啦。

外婆走到门口，又对我说，你好好待在这里，哪里也不许去，我现在跑去阿珍家，阿珍的小儿子还在家里，他听不见啊，等我啊。说完就一路向外跑去。

等到外婆气喘吁吁跑到阿珍家，我已经站在阿珍家门口了。

外婆一愣说，你怎么在这里了？

我说，等你跑到都什么时候了，我来叫阿珍儿子啊。

此刻，最东边的火势已经很旺了，如果不灭，就可能蔓延到阿珍家。人群聚集，一片混乱，家家户户都在往外面搬东西，也有人在泼水。

外婆边往门内走边说，阿辉在哪里，阿辉，阿辉啊，能不能听见啊。

我拉住外婆说，怎么听得见啊，阿辉正在东边泼水啊。

外婆一愣说，啊？然后拉着我说，走走走，我们也去泼水，快，回去拿脸盆。

外婆说这话的时候，消防车已经呜啊呜啊地开来了。这一场大火烧毁了两间民房，阿珍家免于火灾。外婆站在阿辉面前说了一大堆，阿辉不停地点点头，我说，你听得见啊。

阿辉突然开口说，听得见。

我吓了一跳，幸好没在阿辉面前乱说话。外婆告诉我，聋子也是分等级的，又不是严重到一点声音都听不到，况且人除了耳朵还有眼睛鼻子嘴巴啊，我讲什么人家都懂，最重要的是人家有脑子，如果一个人没脑子，就算耳朵眼睛正常，也没用啊。

我呆呆地看着外婆说，你说的是我吗？

外婆说，呀，说明你还是有脑子的嘛。

我一转身，立即装出哭啼状对外婆说，我不要和你好了，你以后做的东西我也不要吃了，我要自力更生，自己赚钱，自己做饭，自己一个人住……

这个时候阿辉拍拍我的肩，用有点生硬的声音说，你外婆已经走了。

我转身一看，外婆已经离我几十米远。我立即跑上去抱住外婆胳膊说，你对我不好，你骂我你打我，我要告诉我妈妈去……

外婆拖着我说，好了，明天去买肯德基。

我立即由外婆拖着我，变成我扶着外婆，说，走慢一点，不要摔着了。

[6]

我上高中后，就很少看见阿珍了。偶尔她会出现在小吃店，还是念念叨叨，且比原先更加念叨，我也失去了当年和她搭话的乐趣。她的念叨似乎没有了逻辑和边际，也没有人再在意她的念叨，自然不会被她的念叨影响。她的念叨好像与这个世界无关。

有时候，阿珍会对着一只包子，独自念叨很久，我也不清楚到底在说什么。有时候就干脆对着空气，一个人念念有词。我好像能听清楚几个词，但是又不能懂她在说什么。

我会叫她一声，阿珍外婆。她也没有太多的反应，会对着我含糊不清说一堆。

外婆对我说，阿珍外婆，生病了，可怜呢。

我说，什么病？

外婆拍拍自己的头说，这里。然后又拍拍自己的左胸说，不，是这里，心病。

我低声说，精神病吗？

外婆拍了我一下说，这么大了，还乱说，医生说是心病，现在每天吃药。

我说，阿珍外婆的两个儿子呢？

外婆说，阿辉去县城亲戚的厂里上班了，阿强又进去了。

我说，啊？又进去了？又是一打十啊？

外婆说，唉，阿强是个好人，就是太耿直太冲动，别人的事情他去帮忙，结果人家都跑了，他还在那边打，别人没事，自己又搭进去了。

我说，那她老公还不回家吗？

外婆说，老公早走了，癌症啊。

我说，那现在阿珍外婆一个人生活吗？

外婆说，阿辉十天半个月回来一次，基本上她就一个人生活，每天就念叨念叨，然后按时吃药。

我最后一次见到阿珍外婆，是在外婆的小吃店门口。她搬了一把凳子，坐在门边，从午后到傍晚，一个人整整念叨了一下午。我也不敢去搭话，哪怕搭话也得不到正常的回应。仔细听，阿珍外婆的念叨里总有一些关于家长里短的词，但也是东一句西一句，没有人知道她在说什么，也许连她自己也不知道。

后来没再见到阿珍外婆，听说她被送到了一个精神康复中心。小吃店的顾客，偶尔会说起阿珍外婆。有人说她命苦，孩子老公都不好，所以得了病。也有人说，阿珍其实没有病，是装的，阿强在外面欠了很多赌债，所以她装疯卖傻去医院了。

我没有切身经历过阿珍外婆的家事，只是记得很多年前那个蓝天白云的上午，我在阿珍外婆的三轮车上，晃来晃去地坐到镇上，她把一盒不好吃的菜留给了我吃，自己吃着白米饭，她还说她其实话不多，说了家里也没人可以听得到。我也记得外婆假装打我的时候，阿珍外婆会慌张地走进来。

在我普通的童年时光里，阿珍给我留下了一些普通又温暖的小印象，而我不知道这些普通又温暖的印象后面，隐藏着她怎样细碎又哀伤的家事。

那天阿珍外婆搬起凳子，准备离开的时候，我忍不住和她搭话，阿珍外婆，你回家了吗？

阿珍外婆回头笑笑，虽然说得含糊不清，但大概意思是，乖哦乖哦，太阳落山人要回家，天气凉了，多穿衣服，要吃饱要喝足，晚上早点回家，不要打架不要惹事，我会好好赚钱养你，听到了没，听不到也没事，我和你慢慢讲……

阿珍外婆似乎依旧有讲不完的话，但她的背影慢慢远去，最终和声音一起消失在茫茫夜色之中。

Chapter 09

制造宇宙的人

[1]

中午的时候，我捧着一碗虾仁炒饭，里面放了茭白丁、玉米粒和蚕豆，再拌点豆瓣酱，喝着一瓶橘子汽水，外面有细碎的阳光照射进来，这是人生中最美好的时刻。最重要的是，还有老腔在旁边和我讲一些他年轻时候的故事。老腔的故事是最下饭的。

老腔剥着花生说，我打仗的时候，一粒子弹，一个敌人。

我说，你不是一粒花生一个故事吗？

老腔吐了一口花生壳说，呸，别打岔啊，一粒子弹一个敌人，那是我谦虚的说法，实际情况呢，一粒子弹，打一个班，十个人。

我说，这什么班啊，我们班有四十多人啊。

老腔嚼着花生说，你那什么班啊，读书的班，和打仗的班，能比吗?

我端着碗说，一颗子弹打十个敌人，那是串起来打吗?就像豆腐串一样。

老腔咂咂嘴思考了一下说，差不多啊，情况是这样的，先是拼长枪刺刀，能穿几个就穿几个，最后再用子弹一锤定音，等到都蔫儿了，用竹竿全穿起来，晾在那里，这场面啊，啧啧啧。

我说，听起来好像很好吃的样子。

老腔吃光了花生，往我碗里看了一眼说，没你碗里好吃啊。

我看见老腔那件草绿色的军装下沿有几个破洞，我说，你这是被子弹打的?

老腔看了一眼那几个破洞，一下子来劲了，说，这个，我跟你说，故事就多了，怎么说呢?先给我来一盘白切牛肉，一碗花生米，一壶黄酒。

外婆端上这三样东西，局面一下子就打开了，空间方面，占据了小吃店最中心的那张桌子，时间方面，承包了小吃店一下午的时光。

老腔一碗酒下肚，哗啦一下，脱下那件破军装，此刻外婆已经在角落的桌边打起了盹。

老腔说，这两个洞啊，全都是历史。

我说，三个洞。

老腔翻转了一下衣服说，哦，三个啊，我一个个给你讲啊。

老腔左手举起破军装，右手指着其中一个洞说，那个时候啊，枪林弹雨，炮火连天……然后他抹了一把嘴说，这个，我的词对不?是这么说的吗?

我点点头，老腔继续说，枪林弹雨，炮火连天，子弹唰唰唰朝我过来，比你吃的一顿米饭都多，我左突右闪，衣角在奔跑中被风带起的时候，子弹就打到了这个位置，唰一下穿过去。

说到这里老腔又喝下一碗酒，夹起一块牛肉，说，这是第一个洞啊，第二个洞那就更精彩了，当时我冲到了最前面了啊，那枪炮不停地轰轰轰，不是做爆米花那种轰轰轰啊，这下是嗖地一下，直接冲着我的腰部过来，我猛地一甩，这块衣角就飘起来了，子弹就从这里穿过去了，这就是第二个洞。

老腔用手抓了一把花生米，放到嘴里嚼着，掸了掸破军装说，最厉害的来了啊，这第三个洞说出来啊，那要吓死你了……此刻，外婆闭着眼在角落里打起了呼噜。

关于第三个洞的故事，老腔讲得眉飞色舞，手舞足蹈，配合各种动作姿势，最精彩处，一只脚已经踏到了桌子上，下来之后还在地上打了一个滚。

其间，有几个村民路过小吃店，探头进来瞧了瞧说，这在干什么？做戏文吗？

老腔喝着酒一番上蹿下跳，跌打滚爬之后，时间已经是傍晚。夕阳充满了整个小吃店，外婆已经醒来，在灶头慢慢收拾。老腔抓起最后几粒花生米，告诉我，这都还是小场面，大场面他还没说。

外婆洗着锅说，老腔啊，晚饭也连下去吃吧。

老腔说，不不不，我这吃完赶着回去，还有事呢。

外婆说，什么事？不就是赶着回去睡觉吗？

老腔说，这叫养精蓄锐。然后把钱压在桌上起身对我说，我回去理一下，到时候再给你讲啊。说完就带着醉意走进了夕阳里。

晚饭的时候，我问外婆，老腔打仗这么厉害啊？

外婆说，他出生的时候，早就是和平年代了，打什么仗啊。

我说，那他军装上的三个洞不是被子弹打的？

外婆扒着饭说，香烟灰弹的啦。

[2]

老腔在我眼里不仅仅是个会讲故事的人，而且是个什么都会的人。谁家电灯不会亮了，喊老腔过去一下灯就亮了；谁家桌椅不平了，喊老腔过去一下就修好了；谁家电视机糊了，喊老腔过去一下就清楚了。甚至外婆家的阿旺不见了，第二天它就跟着老腔回来了。

这一切对老腔来说，都是雕虫小技，老腔的主业是给各个村里的人造房子、装修，一条龙。从房子到家具都是纯手工打造，和几个小工一起包揽一切泥匠、木匠、漆匠及设计师的活。随着岁月流逝、社会发展，老腔似乎被更加专业的装修队给比了下去。老腔变得越来越清闲，但是老腔对自己的手艺依旧深信不疑，且对别人做的东西表示不屑。

村里经常有一些走街串巷的人，兜售各种东西。有一次，藤摇椅引起了外婆的注意，千挑万选之后，想付钱的时候，一把被老腔阻止说，我给你做一把更好的。

几天后，一把摇着摇着经常卡壳的藤摇椅出现在外婆的小吃店。外婆说，既然一直要卡住，那就不要摇，直接改成四个脚的藤椅好了。

又过了几天，四只脚的藤椅出现在外婆面前，外婆摸了摸椅子说，不会塌了吧。

老腔说，塌了再做啊。

外婆说，塌了就四只脚也砍了，直接放块平的坐垫，放地上就好了。

外婆坐在咯吱响的藤椅上，说，很好很好。

我说，好在哪里?

外婆说，好在不要钱。

有一次，走街串巷的人卖摇木马，我一定要，外婆看了一眼说，老腔，你给他做一个吧。

我说，不要，你自己的藤椅能买，我的你就不买了。

外婆说，老腔你给他解释解释。

老腔拍着我的肩膀说，放心，我给你做一个，那可不只是摇木马了，是飞木马了。

我说，别把我当三岁小孩，木马会飞，我会信吗?

老腔神秘地说，不信你等着。

三秒后，我就成了三岁小孩，说，好的，那你快点啊。

过了一段时间，一只很难看出是马的摇木马出现在我面前。我一坐上去，屁股就卡得生疼。

我说，怎么飞呢?

老腔举起小木马，上下左右挥了几下，嘴上还哗哗哗地响着，然后放到地上说，你看，这不飞起来了吗?

我呆呆地看着小木马想，果然是把我当三岁小孩了啊。

我走过去，使出浑身力气，朝着小木马使劲一踢，小木马连同我的鞋子一起飞出了小吃店。

老腔惊呆了，外婆也惊呆了，我跷着脚也惊呆了。过了好久，我们都发现，门口的小木马已经散架了，我则拍了拍鞋子穿上。

我说，这才叫飞。

外婆捡起一块木头，假装要打我，老腔忙说，别别别，我回去再重新拼起来。

外婆说，别拼了，给他做任何东西啊，最后都是这样，要不给我当柴火用吧。

老腔说，那也行。

我说，老腔啊……

外婆说，没大没小的，老腔是你叫的？

我说，唉，小腔啊……

外婆一把拉过我说，把这堆木头搬进去。

我把被自己踢散的小木马一块块地搬了进去。

最离谱的是，有一次村里来了卖棉花糖的，一时间很多小伙伴都拿着棉花糖晃来晃去，我自然也成了其中一员，当我想多买几个的时候，老腔立马说，不需要买，这个我会做。

听了老腔的话，我觉得这次不是把我当作三岁小孩子了，而是当作三个月的婴儿了。

我说，用什么做？泥土吗？

外婆也发出了疑问，老腔，这个你也会做？

老腔两颊喝得通红说，这有什么不会的，白乎乎的，简单。

过了没多久，老腔醉醺醺地拿来了两个棉花糖说，来，拿着。

我接过老腔的棉花糖，一看，就是两团大棉花。

我说，这个能吃吗？

老腔说，吃什么，能挥就好了，你们不都拿着挥来挥去吗？

外婆说，老腔啊，中午喝了多少啊？棉花哪里来的啊，不会是自己扎破被子掏出来的吧？唉，少喝点啊。

老腔醉醺醺地说，扎自己的被子？我傻啊，当然是扎别人的被子，隔壁老陈，新买的空调羽绒被，晒着的，你看，是不是和棉花糖一样。

外婆说，要死啊，老腔，你要被老陈打死了。

我忙把两个假棉花糖塞到老腔手里说，你拿牢了啊，要死啊，我可不想被老陈打死。

外婆倒了一杯水给老腔说，喝点水，到时候去和老陈说，多少钱赔给他，我来赔好了，到时候一起去和老陈好好说。

我说，我就坐在这里守着吧，要是打起来及时通知我，我会第一时间拿着扫把和菜刀带着阿旺赶来的。

老腔把一杯白开水当作白酒一样一饮而尽，说，老陈啊，不用和他讲道理，没事的，他这个人从来就没有道理的。

然后他醉眼蒙眬地看着我说，你那个扫把菜刀直接带上就行，不用谈，直接打，我在这里等你。

外婆皱着眉头拿着空杯子说，咋回事？白开水也能喝醉啊。

我说，要不买点可乐给他喝喝吧，我听说可乐解酒啊。

外婆说，我听说橘子汽水解酒。

我说，那要不都买一点吧。

外婆说，肯德基也解酒。

我说，好了，你别说了，我知道了。

外婆说，快去把碗洗干净吧。

[3]

有时候老腔是唯一能和我一起玩耍的大人。我在那个年龄，因为看了许多杂七杂八的课外书和电视，脑子里光怪陆离，异想天开，甚至付之行动。

有一天我对依旧喝得晕乎乎的老腔说，你觉得有外星人吗？

老腔摸摸自己的脸说，那肯定啊，有男人，有女人，那肯定有外星人啊，大家都是人啊。

我说，那外星人在哪里呢？

老腔说，可能在小卖部里，在猪肉摊里，在田里，在河里，在你的床里。

外婆搭腔说，在你的酒里吧。

我说，田里河里倒有可能啊，晚上夜深人静，空无一人，他们就出来了，所以我们一直看不到他们。

老腔说，你这就说对了，基本上就是在田里下面一米的地方埋着，或者在河下三米的地方藏着，上次，我还碰到过了。

外婆说，是你朋友啊，还碰到过了，碰到说了什么？没请你喝酒啊，一米三米都这么清楚。

老腔斜着眼睛看外婆说，这有什么不相信呢？我下次碰到把他拽过来，你请他吃包子行不？

我说，就今天吧，拽过来，我请他吃包子。

老腔说，今天没空啊，得有空的时候。

外婆说，再喝点吧，外星人马上就有空了。

某一天晚上，老腔真的带着我去农田、河流边寻找外星人。我们走了很远，头顶洁白的月光，漫天的繁星，世间的一切似乎在若明若暗间变得安静而神秘。我们穿梭在广袤的田野里，漫步在清澈的河流边，身影孤独，内心平静。

老腔还提着一个白酒瓶，时不时喝两口。

我说，外星人还没出来吗？

老腔说，别急，我现在就让他们出来。

老腔一边嘟囔着一边开始对着一块田地猛干，集合了拔、踩、挖、扔等一系列动作。我看着老腔胸有成竹的样子，也埋头猛干起来。

干到我们两人都大汗淋漓气喘吁吁，老腔拿着酒瓶猛喝一口说，老陈你这个王八蛋，你怎么整我，我就怎么整你，土都给你掏光。

我说，我们不是在召唤外星人吗？

老腔举起酒瓶指了半圈说，看见没，不都一排排站着吗？都给我站好了，全都冲到老陈家里去，打死他，哎哟，气得我肝疼啊。

我呆呆地拿着一株野草，在月光下看着老腔。

老腔也看着我，然后掏出一盒烟。

我说，我还小，不能抽。

老腔说，谁给你抽，那是浪费烟。

我说，老腔你又把我当三岁小孩了，还说见过外星人。

老腔把酒瓶给我说，你也不小了，喝点，喝完就能看见一堆的外星人。

我环顾了四周一圈，夜色中田野河流寂静神秘，夜空中隐约能看见类似星条状的银河。年幼的我开始遐想，这世界上究竟还有多少我们不知道的东西？以后我们会怎么样？我们会怎么活？我们会怎么死？外星人爱吃肯德基吗？他们吃肯德基要付钱吗？

这时远处传来外婆喊我的声音，一边喊一边骂，小赤佬，死哪儿去了，天天外地人外国人外星人的，唉，阿挺啊……

夜色深邃，月影朦胧，童年的时光就这样慢慢流逝。

老腔虽然经常胡说八道，但我们依旧一本正经地探讨了许多东西。譬如宇宙到底有多大，老腔会哗地展开双手说，差不多这么大吧，然后表示要带我去看看宇宙的边，前两天他刚去过。我说太平洋里面到底有什么东西啊，老腔会数着手指说，河鲫鱼啊，泥鳅啊，蝌蚪啊，田螺啊，上次捞上来两大盆。我说月亮上是不是真的有人在砍树啊，老腔说，那当然了，砍的是野生紫檀木，我当年做家具用的都是这种木头。

外婆说，老腔啊，总是喝得半睡半醒的，整个人有一半泡在酒精里。

我说，这是李白啊。

外婆说，别李白李黑的了，这都几点了，还不睡？

我说，想太多了，睡不着。

外婆说，想什么呢？

我说，想快点长大。

外婆说，长大后想干什么呢？

我说，想抽烟喝酒。

[4]

据外婆说，老腔的身体不太好，时不时这里酸那里痛，经常得往医院跑。

这一天，外婆刚掀开蒸笼盖，白烟还没散去，老腔就提着酒瓶跑进来说，神药，神药来了。

原来村口开来了两辆面包车，在卖一款保健品。

老腔左手提着保健品右手拎着酒瓶说，放心，我第一感觉也是骗人的，但是你知道我隔壁那个王八蛋老陈不是基本处于半死状态了吗？他已经吃了五个疗程了。他们之前在周围乡镇已经卖了三个月了，那老陈偷偷吃了三个月，怪不得这个王八蛋现在都敢跟我叫板了，不得不说，效果真的好。

外婆说，这药治什么病呢？

老腔说，舒筋活络，活血化瘀，反正哪里不行哪里都会给你补上，你不是也会腰酸背痛吗？绝对有效果，以后管起你外孙来，很轻松，他再闹再坏，轻松制服。

我啃着大肉包说，算了，你还是自己吃吧。

在老腔的力荐下，外婆也表示买两盒试试。老腔飞速跑出去，我也跟着跑了出去。老腔从人堆里挤进去，和售卖的人讨价还价，因为多买还便宜了很多。村里几乎一半的人都围在那边。

售卖的人说，你去问问周边乡镇的人，如果没效果，我们一赔十，把我们东西都扔了。

老腔叼着烟说，这还用你说。老腔从人堆里挤出来的时候，看见邻居老陈说，别给我大眼瞪小眼的。

老腔拎着两盒给外婆说，已经买成熟人了，打六折给我的，都叫我腔哥了。

老腔笑着喝了一口酒说，身体啊，需要靠自己保养。

傍晚的时候，我正在看《奥特曼》，怪兽马上就要出现了，老腔又急急忙忙地冲进来了说，骗子啊骗子。

外婆说，怎么了？

老腔捋了捋头发说，那个卖保健品的是骗子啊，老陈啊，是个托，他收了钱，我在那边路边睡着了，他们没看见我，他们的对话我听得一清二楚，绝对是骗子，这老陈，我要把他家的墙推倒了去。说完就跑了出去。

外婆说，要死，要出事了啊。

我赶紧也跑了出去。老腔抓着老陈的衣领，把老陈从家里拉了出来，然后扭打在一起。老陈家里又出来两个陌生男人，从劝架变成了群殴老腔。我既没有扫把也没有菜刀，不知道该怎么办，就算有我也不会用。看见几个人在我眼前晃来晃去，老腔倒了又站起来，起来又倒下，周围围观的人越来越多，事情好像闹得越来越大，老腔的衣服上染了一些血。这一架打得惊动了整个村庄，老陈是个托的事情被曝光，后来派出所的人来把打架的几个人都带走了。

几天后，老腔依旧像往常一样坐在小吃店里，他指指桌上的钱对外婆说，那保健品是我让你买的，这个钱你一定要拿，不拿就是看不起我。说完打了一个嗝。

外婆说，又不是你强迫我买的，我自愿买的啊，再说了，有效没效当作白开水吃吃也没事。

老腔说，那不行，有这么贵的白开水吗？我老腔做人光明磊落，一就是一，二就是二，谁要坑蒙拐骗，我就打死谁。

我说，你不是经常骗我吗？

老腔不屑地看着我说，不是我骗你，是你还太小，不能理解我的真话。

老腔执意给外婆钱，外婆执意不收，所以我就默默收下了。外婆过来一把拿过我手中的钱，放到桌子上说，不能要啊。

老腔用碗将钱压在桌上说，这不是钱，这是我老腔的人品。

我盯着那只压着钱的碗，老腔说，你别动啊，这是给你外婆的。

老腔出门的时候，小吃店的另一边正传来一阵阵吆喝，围了一群人，外婆也站在那边。一个卖塑料大脚盆的正在卖力兜售。这些人卖东西的方式就像唱戏或者杂耍。为了证明塑料大脚盆的坚固耐用，这人把塑料大脚盆翻过来，然后自己站在上面，还时不时在上面蹦几下，高喊着，看看啊，怎么踩都不会破不会裂，坚不可摧，经久耐用啊。

外婆说，好，我买两个。

老腔带着蒙眬的双眼看了一会儿，一下来了精神，觉得这得去挑战一下。老腔挤到前面说，踩不破？给我试试？

那个人跳下来让老腔上去。老腔站上去蹦了两下，塑料大脚盆丝毫未损。老腔把酒瓶递给我说，你给我拿着。然后举起袖子，咬着牙齿，边踩边说，我一个班都能打死的人，弄不破一个大脚盆？我弄，我弄，我弄死你！

结果塑料大脚盆被老腔踩得四分五裂，众人和摊主一脸惊呆。

老腔拍拍双手，接过酒瓶说，怎么样？服不服？

摊主一脸怒气说，赔钱！

外婆说，我来我来，我买两个，给你三个的钱，好了好了就这样。说完就拉着老腔走。

老腔一把甩开外婆的手，对着摊主说，怎么了？不服？你不是踩不坏吗？今天就不给了。

这简直砸了摊主的生意，只见他上来一把抓住老腔的衣领，老腔见状，一拳就挥了过去，那人用手一挡，拳头直接砸向老腔的脸，老腔直接将酒瓶砸了过去……

一阵混战后，老腔的衣服变成了几块布条挂在身上，那个人脸上也多了几道抓痕，双方继续对峙，然后老腔就被外婆拽着走回了小吃店。

老腔揉着大腿说，不要给他钱，没给他钱吧？

外婆说，人家做生意，买卖怎么能不给钱呢，给你擦点红花油吧。

老腔唰地站起来说，不行，我一定要给你去拿回来。然后冲到外面，发现旁边已经一个人影都没了。

老腔回到店内坐下说，就这破大脚盆，我用木头做的比这个好多了，我下次给你做一个。

外婆说，少说两句啊，没必要，大家也都是为了生活，又不是要了你的命。

老腔晕乎乎地插科打诨道，这个有一句话怎么说的，生命诚可贵，什么价更高？怎么说来着？

我虽小但是接受了许多课外内容，于是脱口而出，生命诚可贵，爱情价更高，若为自由故，两者皆可抛。

老腔一脸憨憨地说，哎，对，生命诚可贵，爱情价更高，爱情，哎，怎么还有爱情？你懂什么是爱情？

我说，不懂啊，你懂吗？

老腔突然皱起眉头，扶着额头，挤出一堆皱纹说，别提了别提了，那个自由，我们说自由。

我说，那什么是自由？

老腔定了定神说，自由啊，就是我在河的这头，想到河的那头，没有船没有桥，只能自己游过去，再自己游回来，这就是自游，来回都是自游的。

[5]

老腔自觉给外婆惹了一点麻烦，害得外婆损失了一点钱，于是想方设法要给外婆一点补偿。

老腔唯一觉得靠谱的东西，那就是自己的手艺。老腔总觉得自己的双手，能做出他认为的最好的东西。

继上次的藤椅和木马之后，老腔又给我和外婆做了两只大脚盆，不幸的是漏水了，之后为了表示歉意，又做了一只放碗筷的小柜子，但因为四脚不稳，被我轻轻一碰就倒了，碗筷撒了一地。在我被外婆狠狠骂了一顿之后，对老腔表示，很好很好，非常好啊。然后小柜子就被外婆扔到院子的小角落里了。

老腔看在眼里，想在心里，认为没有完全展现出自己的手艺，一直寻思着要给我和外婆做一个惊世骇俗的东西。

我和老腔在小吃店内，他喝着酒吃着花生米，我喝着汽水咬着鱼干片。我们异想天开地开始讨论起来。

老腔咂着嘴说，要不做一张床，古代那种千工床，大气，有派头。

我说，这有什么用，睡着了什么都不知道，你要不给我做辆汽车吧？会不会？

老腔说，会是会啊，就怕你不会开啊。

我说，那做一辆会自动开的汽车啊，会不会？

老腔说，会是会，你要汽车干什么？

我说，兜风啊，带着外婆去兜风。

老腔喝了一口说，兜风，那直接造飞机不就好了？

我说，儿童公园那种吗？

老腔说，电视里那种啊。

我说，那要不直接造电视里的宇宙飞船吧？

老腔坚定地举起酒瓶说，干！

说完这个“干”，老腔就晕乎得有点语无伦次了。后来我回忆起来才发现，老腔的这个“干”是第一声，而不是第四声。

老腔技艺压身，可是每天最常做的事情就是喝酒吃花生米。他几乎每天都会来外婆的小吃店晃荡一会儿，但随着年龄的增长，我已经不天天待在小吃店里了。我不知道老腔有没有发现，生活中突然少了一个和他一起谈天谈地谈宇宙的人。一直到我上高中，老腔还维持着白酒花生米的状态，那晃来晃去的走路姿势都没有改变。偶尔见到我还和我谈论几句，而我已不是陪他异想天开的那个人了。

外婆说，老腔这辈子喝太多酒了，很难再清醒了。

我说，以前我和他最聊得来。

外婆说，他已经喝成小孩了，你已经吃成大人了。

我说，不过他还真的会做一些小东西啊。

外婆说，年轻时候，也是什么都会做，放到现在都是老师傅的传统手艺，可惜现在这社会用不到了。

说这话的时候，老腔正坐在旁边，吃着一碗炒面，边吃边喝几口白酒。外婆见酒瓶光了，就拿出热水瓶给他灌了一点。

我说，这个算什么意思？

外婆说，他弟弟说了，不能喝了，现在他自己也不知道喝的是不是酒了，喝白开水一样的。

说完外婆大喊一声，老腔，不能吃，这个不能吃啊。

我看见老腔吃完包子，又吃起了餐桌上放着的纸巾。

我说，老腔是不是变傻了？以前不是这样的。

外婆摇摇头说，时好时坏，对了，他还经常问起你呢，那个小赤佬外孙去哪里了。

我说，他可能已经不认识我了。

外婆说，他有时候都不认识我呢。

老腔起身走的时候，我看到有一块牌子挂在他胸前，上面写着手机号码，外婆说那是他弟弟的手机号码，看见他有什么事就打这个电话。

我说，如果没有痛苦，完全沉浸在自己的另一个世界里，也挺好。

外婆说，也许比我们还要好。

老腔还是拎着酒瓶走出店门外，我回忆起他生龙活虎地讲他一个人对付一个班的故事。

我说，老腔不仅有手艺，编故事能力也很好。

外婆说，当年他把参军名额让给了弟弟，两兄弟命运从此就不一样了。

我叹了一口气说，幸好，我没有弟弟。

外婆说，幸好，你有一个外婆。

夜幕下，小吃店灯光如小时候一样亮了起来，灶头飘来饭菜的香味。我在小吃店的日子越来越少，而那些人与故事如家常饭菜之味，成为记忆中的常念之物。

Chapter 10
最后的环城漫游

[1]

三缸坐在小吃店里，自称年轻的时候，能背得起三只水缸，所以人称三缸。

我说，左手一只，右手一只，那还有一只拿在哪里啊。

三缸说，顶在头上啊。

我说，那水缸是不是只有碗这么大啊。

三缸挥起手说，巴掌下来了啊。

我立马喊，啊，外婆啊，外婆。

小吃店的另一端就会传来外婆的声音，来啦来啦，新出笼的包子马上来啦。

我刚要伸手去拿，三缸一把抢过包子，结巴着说，孔，孔，孔……

我说，孔子。

三缸拿着包子说，对，孔子让梨。

我说，那不是，这是孔融让梨。

三缸咬着包子说，我啊，书就读了两年，读书的时候我就……然后就传来了声音，三缸啊，后腿肉给我来两斤啊。三缸就马上跑过去，叼着包子拿着刀噔噔噔。

一会儿又跑回来和我说，我读书的时候就知道我以后是卖猪肉的。

我说，怎么知道的。

三缸把一只包子塞进嘴里说，我爸就是杀猪的，我小时候想的就是长大后卖猪肉。

我听了三缸的话哈哈大笑，那时候我还不明白，长大以后，对大部分人来说实现小时候的理想有多么艰难，而三缸就是一个实现理想的幸福的人。

三缸特别喜欢外婆店里的鸡汤面。可是鸡汤面外婆并不是天天做，有时候三缸催了好几天，外婆就熬出鸡汤，做几碗香喷喷的鸡汤面。这时候三缸一顿早餐就会吃两碗鸡汤面，外加五六只包子，食量惊人，那可是我一天的量。他一边卖猪肉一边还带着收音机，收听各种节目，有时候是点歌节目，有时候是国际新闻。

三缸围着脏兮兮的围裙，用沙哑的声音不着调地哼，月落乌啼，总是千年的风霜，涛声依旧，不见当初的夜晚。

这时候总有顾客说，三缸啊，别风霜了，猪肉便宜点啊。

有时候则大谈国家大事，拿着猪肉刀说，现在美国人不敢打我们，我们的武器装备已经在全世界名列前茅了，美国大街上流浪汉特别多。

我说，你去过美国啊。

三缸一愣，然后敲敲那只破收音机说，用得着去吗？这不是有它天天在讲吗？

然后立即换个频道，说，来，听着听着啊，国际名曲。

此刻，收音机传来，九妹九妹漂亮的妹妹，九妹九妹可爱的花蕾……

三缸此时会把刀砰地钉在砧板上，然后拿起收音机琢磨一番，然后递给我说，你读过书，给我调点好听的。

我说，我才读了没几年书。

三缸说，那你和我差不多。

我心想怎么会差不多，我看起来就比三缸多读了很多书，我随口一说，《九月九日忆山东兄弟》。

三缸拿起一块猪肉翻了翻说，小小年纪山东还有兄弟？

我哈哈哈笑着说，一看你就没读过书，文盲。

三缸悠闲地拍拍菜刀说，哎哎哎，小心我给你上思想教育课啊。

我挤出一个鬼脸说，来呀，来教育我呀。

三缸举起手，然后摸摸我的头，自言自语地说，乖，和我孩子一样。

我说，呸。

外婆和我说过，三缸没有孩子。

[2]

三缸长得像电视里的武侠人物，大概是鲁智深、关公、武松等人的结合体。经常拿着菜刀砰砰砰地斩肉，就像在替谁行侠仗义一样。

有一次，外婆的小吃店来了一位戴着眼镜的陌生人，那人吃完馄饨和包子，招了招手。

我就走过去看了看说，七块钱。

那人摇摇手说，不是叫你。

我挺起胸膛说，我就是老板。

那人剔着牙，对外婆招招手，慢悠悠地说，这包子不够到位，馄饨还差点火候。

我心想，还没有谁说小吃店东西不好吃的，于是我在桌子上啪地一拍，还没来得及说点什么，外婆就塞给我一块抹布说，擦。

我说，我不是要擦桌子啊。

外婆说，擦吧，擦干净点。

那个戴眼镜的陌生人又慢悠悠地从碗里拿起一根很短的头发丝说，还有这个东西，太不应该了。

外婆眯着眼看了几秒钟说，这里没有这么短的头发啊。

戴眼镜的人说，那是谁的呢？是我自己的？

此时我拿起抹布，外婆又一把把我拉到旁边说，去洗干净。

眼镜咂咂嘴说，算了，我不计较，发票有没有，我公司报销。

外婆一脸疑惑地看着他，眼镜又说，没事，发票没有，收据也可以，给我一张。

外婆摆摆手说，算了算了，不就七块钱嘛，不用付了。

眼镜说，怎么？发票收据都没有？你这店是不是正规的店？营业执照、卫生许可证有没有？

此时，三缸猪肉切到一半，走了进来。

三缸拍拍桌子说，吃个馄饨包子还这么多事，你这是缺少教育啊。

眼镜推推眼镜说，怎么？你是谁？威胁我？我是受法律保护的，你懂吗？

三缸指着他说，赶紧给我走，给你十秒钟啊。

然后指指我说，你给我念数。

于是我用了三秒钟念，一二三四五六七八九十。

三缸一把将围裙解下，扔在了地上。

外婆忙将围裙捡起来，掸了掸灰说，哦哟，别弄脏了，好了，三缸，人家坐会儿就走，别催人家。

三缸又说，再给你五秒钟。然后指指我说，给我念。

我又花了一秒钟念，一二三四五。

三缸啪地将菜刀压在了桌子上。

那个人不动声色地说，继续啊。

三缸又指指我说，再三秒。

我想，这下完了。念完三秒三缸是不是要把那个人杀了。外婆则赶紧摆摆手笑着说，开玩笑开玩笑，大家都是一家人嘛，你坐会儿，我给你倒茶。

三缸说，一家人？你们是一家人？

外婆拿来热水瓶说，五十六个民族不都是一家人嘛，来，喝点热水。

三缸指着我说，给我念。

我怕三缸把那个人给杀了，于是战战兢兢地念，一……二……一……二……一……

三缸看着我说，怎么？军训练走路啊。

于是我大喊一声，三！

三缸抬腿就冲着那人一脚，瞬间踢飞凳子，人仰马翻，眼镜被甩出半米远。

那个人摸索着站起来，戴好眼镜说，等……等着啊。说完就走了。

三缸说，天天在这儿卖猪肉，就怕你不来，来几个弄几个。

外婆拍拍三缸的背说，好好好，不要冲动，不要来几个弄几个，又不是猪，事情弄大了就不好了。

三缸说，我怕谁啊，弄大就弄大，弄得比天还要大，比地还要大。

外婆说，那你可不能在这里卖猪肉了。

三缸重新系上围裙说，那去哪儿了？

外婆说，那可就要蹲牢了。

三缸还是摸摸我的头说，哪里也不去，就在这里卖猪肉卖到死。

我说，那你啥时候死呀？

外婆一挥手说，闭嘴，你这个乌鸦嘴。

三缸摸摸我的头说，不会死了。

[3]

中午的时候，三缸只要一碗花生米，就能喝得昏天暗地。

三缸说，你看着啊，我一粒花生喝一碗酒。说完将一粒花生塞进嘴里，一碗酒下去了。

喝完他抹了抹嘴说，你看啊，我现在抬头看灯还是灯，看你还是你，看花生米还是花生米，一粒都不多。

我抹抹鼻子说，我也能一粒花生米，喝一罐可乐。

三缸给我一粒花生米说，来，你试试。

我接过一粒花生米说，还差罐可乐。

三缸掏出几张纸币塞给我说，赶紧去买。

我拿着钱在小店里，买了两罐可乐、一包虾条、一包鸡翅，老板还找给我五块钱，我想，怎么还有五块钱？于是又买了两盒大大泡泡糖。

我回到外婆小吃店时，三缸说话已经拖起“嗯——”“啊——”长音，这说明酒已经有点上头了，这自然也就忘了我一粒花生米喝一罐可乐的事情。

三缸看到我就挥挥手说，来来来，坐，坐。

我知道，这个时候三缸看我已经不是我了。

我拉开可乐，三缸把碗递过来和我碰了一下说，喝，继续喝。

喝了几口，三缸头一扭说，那个……给我再炒个牛肉片！

整个小吃店里就只有我和三缸，外婆已经在里屋打盹了。三缸就这样醉醺醺地喝着说着。我自顾自地小口喝着可乐。

我挪了挪那碗花生米说，牛肉在这里呢。

三缸带着醉意笑笑说，吃，尽管吃啊。

于是我又拆开那包鸡翅，边喝可乐边啃了起来，吃完鸡翅又拆开了虾条，吃着虾条又打开了另一罐可乐。等我吃完这些，三缸还在那边半醉半醒地嘟囔着什么，我一句也没听懂，偶尔对他笑笑，就这样过着我最快乐的下午时光。

我最后拿出了泡泡糖，开始嚼了起来，三缸突然盯着我一笑说，好吃吗？

我对他吐出一个大泡泡，三缸继续笑着说，像啊，太像了。

我说，像什么？乒乓球吗？

三缸说，像我儿子。

我继续吐出泡泡说，你没儿子啊。

三缸突然好像酒醒了一般，看着我说，谁说的？

我说，我外婆说的。

三缸看看天花板的灯说，去美国了啊。

我嚼着泡泡糖一脸纳闷，这么小就去美国了？

三缸说，那是啊，我天天听收音机关注美国消息。

这个时候外婆走了出来，过来收拾了碗筷。再过会儿就要开始慢慢地准备做晚饭了。三缸起身到水槽边洗了一个脸，瞬间清醒了不少。走过来的时候见我还在嚼泡泡糖，于是拿起包装看了看说，外婆给你买的啊？

我点点头。外婆马上拿着抹布走过来一看说，我什么时候给你买过这个？

我说，去年的时候。

外婆说，去年的东西还能吃吗？

我说，不能吃了，就只能这样子嚼嚼，然后吐掉了。

外婆说，赶紧吐掉，嚼嚼也不行。然后拿起我的另外一盒泡泡糖说，赶紧去扔掉。

我说，外婆，外婆……

三缸则摸摸我的头说，没事，我给你买，好不好？

我点点头说，好。

晚上睡觉的时候，我还在可惜那一盒被外婆扔掉的泡泡糖，之前还特意去垃圾桶里翻了翻，也没有了。外婆干家务真的太勤快了。

为了一盒泡泡糖，年幼的我开始辗转反侧。

外婆说，我给你讲一个故事。

我说，不要听。

外婆说，睡觉也不睡，故事也不要听，你想干什么？

我说，我饿了。

外婆起床，开灯，说，饿了就吃吧。

我抬头一看，外婆拿着那盒大大泡泡糖。

我说，你不是扔了吗？

外婆坐在我的床边问我，哪来的泡泡糖？

我说，不是你给我买的吗？

外婆说，我给你买的东西，几年前的我都记得，我从来没有给你买过这个东西。

我说，我自己买的。

外婆说，哪来的钱？

我说，我挣来的。

外婆问，怎么挣的？

我躺下说，你给我讲个故事，我就告诉你吧。

于是外婆就给我讲起了故事，我慢慢闭上眼睛，假装睡着了，外婆见我没反应了，碰了一下我的鼻子轻轻说，不要白拿别人的东西，做个好小孩，你要的东西，我给你买哦。

我突然睁开眼睛说，好啊。

外婆一把摁住我的额头说，小赤佬，给我睡！

[4]

三缸猪肉卖得差不多的时候，就拿着一张废纸，折了一只纸飞机。看到我，就朝着我扔了过来，纸飞机就飘飘荡荡飞到我脚边。

三缸粗糙的脸一笑说，好不好玩？

虽然我还小，但总觉得自己已经长大了，过了玩纸飞机的年纪了。

我拿起纸飞机说，幼稚。

三缸接过我的纸飞机，拆开，过了会儿又折了一只纸船说，这个怎么样？

我说，还是斩猪肉比较好玩。

三缸皱皱眉头说，你怎么和别的小朋友不一样呢？

我说，你怎么和别的卖猪肉的不一样呢？

三缸一愣，哈哈大笑说，你这个小孩啊，缺少教育啊，哈哈哈哈。

其实我最感兴趣的是三缸停在猪肉摊旁的那辆摩托车，三缸每天就开着摩托车载着猪肉来回。我爬上摩托车说，什么时候带我去玩玩好吗？

三缸说，你要去哪里？

那个时候我都没有走出过浙江省，甚至宁波市以外的地方都很少去，大部分时候就待在外婆的小吃店里。外婆带我去的最远的地方就是鼓楼的肯德基，再远一点，外婆也不认识路了。

我说，想去鼓楼。

三缸笑笑说，这么近啊，还想去哪儿？

我想了想说，那就鼓楼和美国吧。

三缸说，好，月亮上面也可以。

于是我一溜闪进了外婆的小吃店。三缸以为和我开个玩笑就这么过去了。十几分钟后，我换了一件外套，穿了一双跑鞋，头发还抹了一点自来水，就这样站到了三缸面前。

外婆走出来一把拉住我说，这要去干吗？

我说，开摩托车去旅游。

外婆说，这大夏天的不得热死吗？脱了脱了。

我说，不，我要去外面玩，我从来都没有去外面玩过，除了鼓楼。

外婆看着我说，那你会骑摩托车吗？

三缸边收拾摊子边说，那就走吧。

我坐在三缸摩托车的后边说，给我头盔。

三缸说，就一个头盔。

外婆看了看我，一把将我抱到了三缸的前面，说，你还小，坐前面，还挡风。

虽然我还小，但是我觉得这样一点都不酷，电视里面都是坐在后面戴着头盔风驰电掣的。

还没等我开口，三缸已经发动了摩托车，外婆则在旁边挥手说，注意安全啊，早点回来。然后又掏出几十块钱塞给三缸说，拿着，给他买吃的。

三缸大手一挥，表示拒绝，于是我伸出手说，给我吧。

我还没接到外婆的钱，摩托车就蹿出去了。虽然没有想象中那样酷，但是坐在前面有种自己驾驶摩托车的感觉。即使这只是20世纪90年代一辆载猪肉的摩托车。

三缸带我吃了肯德基，然后一下午带着我转悠了很多地方，那些地方我从来都没有去过。我前额的几撮刘海一直翘着，风一直没怎么停下来过。

三缸还带我去了儿童乐园，把里面的火车、飞机全都坐了一遍。

晚上去了城隍庙小吃街，吃了很多好吃的东西，我发现这些东西我在外婆的小吃店从来没有吃到过。

我拿着一只三缸买给我的熊猫布偶，坐着摩托车回外婆的小吃店。晚上的风有点凉，我把熊猫布偶放在胸前，感觉非常温暖。

三缸说，我们今天把半个宁波兜了一圈。

我说，宁波好大啊，这样才兜了半圈。

三缸说，你不是还要去美国吗？

我紧抱着熊猫布偶说，美国好玩吗？

三缸开着摩托车说，我也没去过啊。

我说，你儿子不是在美国吗？

三缸没有说话，只有呼呼呼的风声。

我说，你是不是也这样带着你儿子。

三缸说，我只这样带着猪肉。

我就像一只猪一样，抱着熊猫布偶不说话了。多年以后，我走过许多国家，关于旅行的印象，都不及这一次夏夜里抱着熊猫布偶，吹着呼呼呼的风回外婆的小吃店来得深。

晚上睡觉前，我把小熊猫布偶放到自己的小床上，抱着睡觉，

外婆说，今天开心吗？

我说，开心得一会儿做梦还要接着去呢。

外婆说，开心就好，下次我让三缸再带你去。

我抱紧熊猫布偶说，真的吗？

外婆说，我老了，路也不认识，要是我会骑摩托车，我就带你去外面好好看看。

我脑子里想象着外婆骑摩托车的样子，突然感觉很好笑，于是说，那还是等我以后会骑摩托车了，我带你去外面看看吧。

外婆躺在自己的床上说，那我已经不会坐摩托车了。

我忽地坐起来说，我明天就去三缸那里学。

外婆笑笑说，我现在就不会坐摩托车了。

我又躺下来想了想说，那我以后要买一辆汽车，大一点的汽车，这样你可以舒服地坐在后面，我就带着你去外面看看……我突然一翻身说，三缸儿子这么小就去美国了，为什么啊？

外婆好像已经半睡半醒，迷糊着说，掉到河里去了……淹死了……

我说，啊？什么？

外婆似乎又醒了，看着我，我说，他儿子不是去美国了吗？

外婆抹了一把脸说，是啊，掉到河里去了，然后游着游着就游到

美国去了……

小时候，大人们总把一些事情说得很委婉，但是很多时候我们已经明白了。

[5]

我准备在三缸那里学习摩托车，但是三缸好几天都没有出现。我问外婆的时候，她去村子里转了好几圈才打听到消息。

外婆说，三缸住到外面去了。

我说，外面是哪里呀？

外婆说，市区里呀，一天要一千块呢。

我说，哇，什么地方这么好。

外婆塞我一只包子说，医院。

我拿着包子啃了很久，然后抬抬头说，那他还会开摩托车吗？

外婆说，都躺在床上了，还怎么开？

我又想了想说，那摩托车能拿来给我开吗？

外婆假装打了我一下说，小赤佬，好好吃你的包子。

那时候我对疾病的理解，大部分是感冒发烧，或者摔跤骨折了。我就这样等着三缸回来。

那个夏天，没有摩托车的日子，觉得有些无聊。我白天就这么吃吃喝喝，在每个傍晚看动画片，晚上和外婆一起听收音机。我和外婆说，如果有一辆摩托车，我就要开到世界尽头去。

外婆托着半边脸，听着收音机说，世界尽头在哪儿呀？

我说，这我也不知道，

外婆说，不知道的地方还去，迷路了呢，找不到回家的路了。

我说，有摩托车就不会回不了家。

外婆说，没油了呢？

我说，可以去加油站。

外婆说，找得到吗？

我说，找得到。

外婆说，有钱吗？

我说，有。

外面漆黑而安静，外婆关掉收音机，打了一个哈欠说，行呀，去躺床上，开摩托车去吧。

我躺在床上，脑子里似乎真的有嗡嗡嗡的摩托车声。我在炎热的黑暗里问外婆，三缸什么时候回来？

外婆躺在另一张床上说，等等啊，我打个电话问问啊。然后躺着把手举到耳边说，喂，三缸啊，什么时候可以回来啊，哦，明天啊，那记得开着摩托车来呀，带我的外孙去美国，再见啊。

外婆把手放下说，三缸说明天就开摩托车带你去美国，睡吧。

那个时候外婆家不仅没有手机，连座机都没有，打个电话都需要去旁边的小超市。外婆有时候就特别羡慕有电话的感觉，能随时联系想要联系的人。

我翻了一个身说，你怎么说得和真的一样啊。

外婆说，那我怎么知道他什么时候回来呢？医院在哪里我都找不到。

外婆起身打开灯，喝了一口水，又把我的电风扇拨到最小一档说，吹这么大风，小心被吹走了。

我说，要是现在有个电话就好了。

外婆躺会床上说，好，明天给你画一个吧。

夏天快要结束的时候，三缸还是回来了，坐在外婆的小吃店里，左手端着碗鸡汤面，右手拿着只包子。

我看着三缸狼吞虎咽的样子，三缸吃着吃着就注意到了我，吸溜着最后几根面条说，怎么了？你外婆没给你吃？

我咽了咽口水说，你的摩托车呢？

三缸一口喝完最后一点汤，擦了擦嘴说，卖了啊。

我说，怎么不卖给我呢？

三缸摸摸我的头说，卖到美国去了。

我说，那我以后不能坐摩托车了吗？

三缸站起身边掏钱边说，能啊，我准备买一辆更好的，等我回来。

三缸付钱的时候，外婆小声问了一句，你身体没事吧？

三缸摆摆手说，年纪大了，小病小痛。

我说，那你得了什么病啊。

三缸敲敲自己的脑袋说，这里。

我说，那你不会死吧。

外婆又一把拉回我说，小赤佬，回去擦桌子。

三缸说，不会死，只会呆。

我说，你什么时候再来啊？

三缸说，等我买了新摩托车。

[6]

很久以后我才知道，三缸得的病名字叫食道癌，从发现到晚期也就几个月时间。面对好吃的鸡汤面，三缸吃不下，是因为已经难以吞咽。他那个时候大概已经放弃了治疗，所以一个人强撑着到小吃店点了一碗最喜欢的鸡汤面。

我清晰地记得我见三缸最后一面的场景。

这一年冬天的时候，我喝着热腾腾的鸡汤面，三缸对着鸡汤面看了很久，吃了几根面。

我说，肚子疼，吃不下了吗?

三缸点点头说，是啊，肚子疼，我到时候再来吃。

我说，快点来啊，冷了就不好吃了，一会儿骑摩托车来吧，能快点。

三缸摸摸我的头说，以后长大了自己买摩托车开。

我说，你先教我吧。

三缸说，我要收钱的。

我拿出一包珍藏的虾条说，来，给你尝尝这个。

三缸说，一会儿再吃吧。

三缸掏出钱放到桌子上，外婆还没来得及说点什么，三缸就走出了店门。

那碗鸡汤面很快就凉了，三缸就再也没有回来过。冬天很快就结束了。猪肉摊没有了，摩托车也没有了。南方的冬天没有雪，却特别湿冷。

那个夏天，在那个没有电话和摩托车的外婆家，是三缸带着我用他载猪肉的摩托车完成了我人生中的第一次远行。这辆小马力的摩托车，似乎也穿过时光之门，隐约将我带入少年世界，让我在疾驰的岁月里，看见更多的风景。

Chapter 11
欢喜与空渡

[1]

包老板一进到小吃店，整个人就显得金光闪闪。顶着啤酒肚，脖子上挂着大金链子，手指戴着金戒指，手腕戴着珠串，皮带上挂着一只BP机，腋下夹着一只老板包。坐下的时候，将一只大哥大电话机放到桌上。那辆桑塔纳轿车，随意地横在路边。

我围着包老板的桑塔纳转一圈，门没锁，打开门，跳上了驾驶室。

包老板就在里面喊，下来啊，车坏了你赔不起。

外婆一看，马上出来打开车门说，快下来，这车要是开了，人就没了。

我把着方向盘说，我以后也去买一辆车，带你去兜风。

外婆说，好好好，那你先下来。

我按了几下喇叭，外婆一惊，哦哟，这是真的要开了啊。

包老板出来想把我拽下来，我嘻嘻哈哈跳下车，笑着跑进店内，看了一会儿包老板桌子上的大哥大，好奇地拿起来按了几下，包老板一把拿回去说，别乱碰啊，弄坏了，整个小吃店赔给我都不够。

我说，几块钱？

包老板咬着多汁的肉包说，你小孩子，不懂的。

我说，你就说几块钱，数字我还不懂吗？

包老板吃了半个包子，皱着眉头说，这个包子啊，我提点意见，我上次在状元楼吃的包子，那才叫绝，皮薄肉鲜，皮要有点弹性，肉要有点嚼劲，

外婆看着包老板说，这十几年都这样，今天意见怎么这么大？

包老板拿着包子举到空中说，有对比才有差距啊，你看啊，皮不能有一点点塌陷，但一定要松软，你这个有一点点局部的塌陷……

我随着包老板的手，转着头，一脸愣愣地盯着。

包老板又夹起一只生煎继续说，你看看啊，这个底部过于焦了，大概七分焦就好，皮呢，还不够脆黄，需要再来一点火候，再看看里面的肉，颜色有点浅了，要再放点点酱油，整体的形状，还是有点软塌，不够立体。

外婆说，这话都哪里学来的？

包老板扯着粗嗓门说，哪需要学，这是见过世面后的……心得。

包老板似乎说得来劲了，用勺子盛起一只馄饨说，再仔细看这只馄饨啊，皮是不是大了点？但是核心部分是不是少了点？七分肉三分皮，这样一口下去才有感觉，你看，我转一下，再仔细看看啊……

我的头则一直随着包老板的起伏转动，目不转睛地盯着。

包老板看了我一眼说，听不懂？傻了？

我说，你这个手表几块钱？

包老板放下包子说，你怎么这么爱问呢？你打听这个干吗呢？

我说，那汽车几块钱？

包老板说，什么叫几块钱？你以为卖包子啊，几块钱几块钱的。

我说，那该怎么说？

包老板咬了一口包子说，你要问几万块钱，年纪小没见过大场面。

我说，那几万块钱？

包老板看了一圈周围说，好了好了，别问了，再问就尴尬了。

我说，尴尬什么呢？

包老板打了一个饱嗝说，哎哟，你这小赤佬问题这么多，记者啊。

我说，我也想开桑塔纳。

说完这句话后，我没有想到，若干年后桑塔纳成了出租车。

[2]

这一天，包老板带着白白胖胖的儿子来小吃店。包老板大手一挥，点了十个肉包、二十个小笼包、两碗牛肉粉丝汤、两份煎饺、两份麻油蒸馄饨，还让外婆特意做一碗海鲜面。早餐满满摆了一桌。

我凑过去一看说，摆酒席呀。

包老板看了我一眼说，别捣乱啊，弟弟在吃饭呢。

我说，弟弟能吃这么多啊。

包老板一挥手说，吃多少你别管，保持点距离啊，你靠太近我不太放心。

我说，这得吃到中午吧。

我话刚说完，胖儿子嘴巴一擦说，我吃饱了。

桌面上还有一半的东西没有吃掉。

我说，吃不完，带走吧。

包老板手一挥说，不用，给你吃吧。

我说，我不吃你吃剩下的东西。

包老板说，这筷子都没动过啊，行，不吃就不吃，扔了吧。

外婆走过来一看，心疼说，哎哟，包老板啊，这么多东西都浪费了啊，两个人就不要点这么多啊，我以为你还有其他人要过来吃呢，太浪费了啊，我心疼啊。

包老板抽出一张百元大钞给外婆说，心疼什么？我又不是不给钱，都算我的。

外婆说，这不是钱的问题，食物不能浪费啊，你看这好好的东西，倒掉多可惜啊。

包老板夹着那张百元大钞举在空中说，哎呀，拿着吧，心疼的话，就不用找了，做人啊，宁愿撑死，也不愿饿死啊，对吧。

外婆收拾过后，用手拿着未吃完的生煎说，嗯，味道很好啊。

然后拿起一个塞到了我嘴里。

我说，我不吃别人吃剩下的。然后一口吐到了门口畚斗里，阿旺见状立即叼走了。

外婆说，哎呀，你这小赤佬啊，动都没动过啊，我们看在菩萨的分上，就吃吃掉吧，不吃对不起良心。

说完，外婆又拿过一只肉包塞到了我嘴里。

我嚼着肉包说，包老板很有钱吗？

外婆边吃边说，是啊，开服装厂的啊，赚了很多钱。

我说，赚了几块钱啊？

外婆微微一笑说，那也没几块钱。

我说，我以后赚了很多钱，也要点很多肯德基，十个鸡腿，十个鸡块，再来二十个汉堡包，三十杯可乐，五十份薯条……

此刻，阿旺摇着尾巴，看着我吐着舌头。

外婆继续吃着生煎说，钱呀，不要乱花，钱，一定要花在刀刃上。

我看了看外婆的菜刀说，刀刃又钝了吗？磨个刀刃也没几块钱啊。

外婆摸着我的头说，小赤佬，聪明，聪明啊。

包老板一家人大部分时候住在县城，如果出现在村里，不仅在小吃店出手阔绰，在村里其他地方也是尽显老板本色。在小卖部，带着胖儿子买零食就像批发一样，只要儿子一点，这个东西就拿走。当场拆开，不好吃就直接扔了。烤鸡都是两只拎着走，说是为了吃鸡腿。我经常看见胖儿子坐在桑塔纳里，手上捧着零食吃，或者捧着玩具玩。

我有时候特别羡慕包老板的胖儿子，虽然看起来傻傻的，但是什么都不缺。

我对外婆感慨，包老板的胖儿子，太幸福了啊。

外婆说，你不幸福吗？

我说，日子再苦啊，熬一熬就过去了。

外婆一愣说，这不是我说的话吗？

我说，你能说，我不能说吗？

外婆说，我说的是以前啊，日子当然一天比一天好啊。

我说，如果我和包老板的儿子换一下，那就好了啊。

外婆说，没良心的东西，我养你这么久，还不满意。

外婆突然凑近对我说，包老板的儿子生着病，知道不？

我说，什么病？

外婆低声说，名字很长，我也记不牢，就是又胖又呆的。

我说，这也叫病？这叫幸福啊，我也要得这种病。

外婆隔空打了我一下说，别乱说，你要得了啊，唉……考试要天天不及格了，我要养你一辈子了，不过，得了也要想开点。

我说，这病有什么想不开的。

外婆，我说我要想开点。

[3]

包老板把桑塔纳换成了一辆黑色的大奔。这辆车，在小吃店门口一停，哗地聚集了一小撮人。村里人并不全知道这车叫奔驰，但是那气派已经引起了围观。包老板这次换了一个形象，西装革履，黑色墨镜，头发的形状定得死死的。包老板打开车门，走进小吃店的这一过程，我只有在港片里看到过。

我学着港片里的样子说，大哥，雷猴哇（你好啊）。

包老板戴着墨镜看着我，我则盯着他的墨镜，从墨镜里看到了傻傻的自己。

包老板把墨镜一摘说，别没大没小的，包子两个，生煎十个，快点。

我说，不是叫大哥了吗？怎么还没大没小呢？

包老板抖了抖腿说，是没规没矩啊，你叫我大哥啊，你得叫我爹，懂不？

我端上包子和生煎，包老板说，你这个店小二当得还挺好的，以后长大来我厂里干活好了。

我说，我长大是要考清华北大的。

包老板咬着包子说，那就等你读完清华北大，再来厂里啊。

我说，你怎么不让你儿子去厂里？

包老板看了我一眼说，我看你这么机灵，当我干儿子算了。

我说，那给我当厂长吗？

包老板笑笑说，人小小的，心倒是很大。包老板继续咬着包子说，知道我的厂有多大吗？十多亩地，两百多个人，懂吗？

我说，哇，这么大啊，好厉害。

包老板说，瞎叫什么，说得好像你知道十多亩地有多大似的。

我说，这听着就很大啊。

包老板见我饶有兴趣，于是边吃生煎包子边和我聊起了各种各样的事情。他告诉我，这大奔需要一百多……说到一半看了看周围，郑重其事地说出一个，万。

我说，那你家呢？

包老板说，你这个年纪我怎么和你说呢，说亩啊、平方米啊，你都没概念，这么和你说吧，去我家，你可能会在里面找不到路，你懂了没？

我说，那是多大啊，比宁波还大吗？

包老板说，这你就瞎说了，我家就属于宁波，怎么可能比宁波还大。

我说，我去宁波城里都不会找不到路啊。

包老板说，知道，知道，我这是打个比方，打比方，你懂不？

我说，那你家里是不是有很多零食？

包老板喝了一口汤说，这都是小意思，有专门一间，大概比你外婆这个小吃店稍微再大一点点，全都是零食，要什么有什么，不断货的。

我说，怪不得你儿子吃得这么胖啊。

包老板呵呵一笑说，这个……他生出来就胖，不是吃胖的，后天只占了一点点。

我说，什么时候让我坐你的车去你家看看啊。

包老板擦擦嘴说，这没问题啊，等时机成熟，我就带你去。

我说，要等到我去厂里干活吗？

包老板说，等我忙好这一阵子，带你去见见世面。

我看看外面的黑色大奔说，那你是不是去过宁波的很多地方？

包老板说，什么叫宁波的很多地方，是全世界的很多地方。然后伸着手指说，美国、德国、英国、法国、日本……全去过啊。

我愣了好一会儿，心想，竟然去过这么多地方。

包老板拿出钱包，抽出一张，我看钱包里密密麻麻一沓，便问，你有多少钱？

包老板拍了拍钱包说，不懂事，哪有这么问的。

我说，那要怎么问？

包老板说，说数字没意思，你要想的，都可以给你买到，来，先把钱找了。

我拿着零钱给包老板说，下次带我出去看看啊，我什么都没见过。

包老板打了一个嗝，提了提皮带说，你呀，就好比一粒芝麻，这世界就像……

我说，就像一只西瓜。

包老板站起身说，哎，你怎么知道的？

我说，芝麻西瓜不都是这么固定搭配着说的吗？

包老板大摇大摆走了出去，我慌忙抢先一步，走到车门前，给他拉车门，结果双手拉着门把手，脚蹬在轮子上，也没有拉开。

包老板忙说，别别别，没摁开关呢，你这是哪个电视连续剧里面学来的啊。

我说，香港电影。

包老板坐到车里说，好，下次带你去香港看看。

我看着包老板的奔驰扬长而去，对香港的期待深深地埋在了心里，那些片子里的灯红酒绿，霓虹繁华，似乎马上就要实现了。

[4]

我在小吃店里打天马流星拳，包老板在一旁吃早餐。

外婆说，要打去门口打，放个碗，还能赚点钱。

包老板说，让他打，小孩子，顽皮点好，我就喜欢看他顽皮的样子。

于是我哗地蹿到包老板身边，大喊，海底捞月。包老板本能一弯腰，用手一挡，那皮带头就崩了。包老板挺着大肚子，只能使劲地提着裤腰带。

我哈哈一笑说，来，我帮你提吧。

包老板使劲抓着皮带说，没断，能扣住能扣住，帮我扣住。

我一使劲，把包老板的皮带给抽出来了。

我拿着皮带说，今天带我去香港吧，不带我去，我就不给你了。

外婆瞪着眼走过来说，没大没小，快把皮带拿过来。

我一溜烟跑到门外的车边说，开门，让我上去。

包老板一手擦嘴，一手提着裤腰带，走了出来，急急忙忙坐上车，我也一下子钻进了副驾驶座。外婆系着围裙跑出来，打开门说，快出来，再这样，我真的一巴掌要下来了。

我捂着头说，打吧，打死我也要去香港看看。

包老板提着裤子说，行，我带他去我那里看看吧。

我二话不说关上车门，把皮带扔给包老板说，赶紧开吧。

包老板拿着皮带倒腾了半天，边系边说，你这个小机灵啊，聪明都用到正事上就好了。

我说，这不是正事吗?

此刻外婆还在外面敲着车窗说，中午吃饭前回来啊。

我摇下车窗说，去香港，中午前怎么回来?

外婆说，中午吃糖醋排骨、油炸虾球……

我说，都要去香港了，这些东西就以后再吃吧。

外婆说，还有肯德基啊。

我说，香港也有的。

此刻，汽车缓缓开动，外婆说，小赤佬啊，白眼狼，没良心，唉，唉，慢点啊，坐稳了啊，注意安全啊，那天黑前一定要回来啊……

包老板带着我一路朝县城驶去，一路上我听着收音机的各种歌，感觉非常好，如果能来点零食和玩具，就和包老板的儿子一样了。

我们到了气派的门楼，旁边写着望春工业区。

我说，这是哪里?

包老板说，你不是要看看我的厂吗?这就是我的厂啊。

汽车往里面开着，都是宽敞的马路和厂房，我不禁感叹，好大啊。

包老板七弯八拐后，终于在一个厂房前停了下来，然后我们又七弯八拐地进入到一个办公室。

我说，这就是你上班的地方?

包老板还在倒腾那个皮带说，对啊，以后你来上班。

我连连感叹，你的厂竟然这么大啊，这从进大门开始，车都开了好久，要是走路，那得迷路啊。

包老板摆摆手说，小地方，下次带你去看更大的。

我说，日本、美国吗？

包老板说，你天天待在你外婆的小吃店，有没有觉得没意思啊？

我说，那可有意思了，地方不大，人很有趣啊。

包老板说，当我干儿子，我厂都给你。

我说，你不是有儿子吗？

包老板说，我钱太多，儿子太少。

我说，你有多少钱啊？

包老板说，这个你理解不了，这么说吧，你想吃什么，想玩什么，你和我说。

我说，一会儿要吃肯德基，全点一遍，还要奥特曼全套，汽车人全套。

包老板说，那行，现在就走吧，吃饭买玩具去。

我们又开了好久的车。在市里面，我吃了这辈子最饱的一顿肯德基，吃得连嗝都快打不出来了。我啃着汉堡说，实在吃不下了，要不再买一份我带回家，可以和我外婆继续吃。

于是包老板又给我买了很多鸡腿鸡块汉堡，我拎着一大袋肯德基，又买了这辈子都没有得到过的玩具。

回去的路上，我说，你儿子每天就这样过啊。

包老板说，对啊，所以你要不要当我儿子啊。

我说，那我想想啊。

包老板说，还要想什么啊？

我说，吃太饱了，有点想拉屎。

包老板猛踩油门说，你这个小顽皮啊，不学好，聪明要用到正事上，知道不？

我说，拉屎不是正事吗？

我回到外婆的小吃店，外婆见我提着大包小包，一脸惊讶问，怎么买了这么多东西?

我放到桌上，一件件拿出来说，你看，鸡块、鸡腿、汉堡、奥特曼，来，你吃。说完我又打了一个嗝。

外婆连忙跑到门外，包老板的车早已消失得无影无踪。

外婆说，哦哟，这怎么行啊，包老板给你买了这么多东西，你呀，一点都不懂事，外婆没教过你，别人的东西不能随便吃随便要吗?

我拿着奥特曼说，没教过啊。

外婆说，下次不允许了啊。

我说，我都快成他儿子了呢。

外婆说，什么儿子啊。

我说，他要让我当他干儿子，以后就和他自己儿子一样。

外婆说，你呀，小小年纪就见钱眼开，人哪，不能总想着吃好的玩好的，你以后长大了……

我说，哎，先别说了，我去拉个屎。

[5]

包老板又在有模有样地吃着早餐。我在旁边有模有样地扫地。

我拿着扫把说，你每天这么忙，怎么有空来这里吃早餐?

包老板擦擦嘴说，吃的是老味道，隔几天就要来尝尝。

我往外看了看说，你车呢?

包老板瞄了一眼说，不就在那边吗?

我看了看墙角边说，今天骑摩托车来了?

包老板又瞄了一眼说，是那边。

我看见一辆老式自行车放在角落里。我说，大黑汽车呢?

包老板一口一个包子说，要低调，开车，太容易引起注意，我一停，哗一群人一围，影响不好。

我说，你还要不要我这个干儿子了？

此刻，外婆擦了擦手说，你呀，再去认个干外婆好啦，整天吃吃喝喝玩玩，没志气啊。

我说，谁说我没志气？我志在千里。

外婆说，还志在千里呢？你眼前一米的事情先给我做做好，地扫干净了没？

我拿着扫把对包老板说，经过我深思熟虑，我准备不考清华北大了，准备去你厂里上班。

包老板鼓动着腮帮，盯着一碗醋。

我说，哎，爸，爸，你说句话啊。

外婆一把拉过我，直接撂我进里屋说，你这个吃里爬外的小赤佬，动不动就叫人家爸，你看人家理你吗？没规没矩，没头没脑，没脸没皮，人家有你这个儿子吗？再喊下去我没你这个外孙。

我说，我就随便喊喊，喊喊就会带我去玩，买好多吃的，叫几声爸爸又没事。

外婆手指点了点我脑门说，从小势利眼呀，怎么办哦，一把扫把打死算了呢。

我和外婆出来的时候，看见两个中年男人坐在包老板的对面。这看起来像是在谈大生意。我还没反应过来，两个人就拖着包老板往外面走。包老板双手挥舞着挣扎。

外婆走过去说，你们这是干什么？光天化日之下抢人啊？

没等他们回话，我一个箭步冲过去，嘿嚯哈三招，打到了那两个人身上，只可惜这两人并没有应声倒地，而是踹了我一脚说，小赤佬，走开点。

刚使完绝招，不仅对方毫发无损，还被踹了一脚，这太不符合我的想象。于是我使出更毒的绝招，一把抱住他们的大腿，哭喊着，别走，爸，别走。

那两个男人一听说，这是你儿子？

我说，怎么了？

其中一个男人说，你爸欠了我们钱，把你卖了抵债啊。

我一听，立即转头就跑，一头撞进外婆的怀里，闭着眼睛说，别啊，我不值钱，我也不认识他。

我躲在小吃店里，几个人拉拉扯扯，推来推去，外婆也上前不停地劝着，几个回合后，最后三个人再次坐在小吃店里。

其中一个人说，就在这里谈，让大家都听听，到底怎么回事。

我环顾一圈，此刻店里就只剩下我和外婆。

外婆说，两位老板，能坐下来谈就是好事，给你们弄两个包子吧。

其中一位说，我们哪还是老板，我们也欠着别人的钱。

我递给两人一人一只肉包，一个人用力咬了一口说，五万块钱啊，从前年欠到了今天，借的时候说三个月后还，每个月按照银行利息给我，我利息都没要，结果现在快三年了，每次催紧了，就还我五百八百，到现在一共还了一千八，这五万块，两年多了一共还了一千八。

另一个男人接着说，这一千八怎么要来的还没说呢，有一次，我们上厂里堵住了他，结果他从后面溜了，我们一路追，追了好几里，终于把他摁倒在路边的农田里，从他身上搜出了三百块，另外的一千五，也是我们两年里穷追不舍要来的。

那个男人叹了一口气，将包子塞进嘴里说，唉，这包子啊，真不错。

包老板一听，对我招招手说，来，你再给我拿十个包子来。

其中一个男人说，你别以为吃了包子就可以不还钱了，今天拿不到钱，就别想回去。

包老板又朝我挥挥手说，算了，别拿了别拿了。

大家扯到了中午，外婆边干活边调解，最后外婆说，就这样，约定一个时间，最迟今年年底还清，写下来，去，把纸和笔去拿来。

我拿了平时做作业的笔，在作文本上撕下一页，递给了外婆。

包老板像个没有完成作业的小学生，边点头边说，一定一定，这次一定，我把所有东西卖了，在年底前把钱还了，不然命给你们。

外婆说，别瞎说，还钱就还钱，说什么命，你的命只值五万块钱啊？

那个男人说，命给我什么用？能换五万块钱啊？

不经世事的我在旁边纳闷着，默默算了很久，命到底值不值五万块钱。

那个男人点起一支烟说，小朋友，好歹拿一支圆珠笔啊，你看这纸，怎么上面还一格一格的？

我看着铅笔和作文本纸张说，只有这个了。

[6]

外婆对包老板胖乎乎的儿子说，阿壮啊，这是我新做的菜包，里面加了香菇和笋丁，怎么样，是不是特好吃？我特意做了二十个，一般人我不给他吃的啊。

阿壮憨憨笑着，接着又舔了舔自己的手指。

此刻的我已经吃完了三个包子，说，你对每个人都这么说的啊。

外婆说，闭上你嚣嚣嘶嘶（宁波方言，带有大呼小叫之意）

的嘴。

早餐间隙，包老板买了点水果，剥着橘子，一瓣一瓣地送到他儿子的嘴边。阿壮两块肥腮鼓动着，配上一条眯缝眼，一脸幸福。

包老板给阿壮擦擦嘴说，来，谢谢外婆，谢谢哥哥。

阿壮就憨憨地发着不标准的普通话说，“歇歇歪破，歇歇嗝嗝”。

我打了一个喷嚏说，哎呀妈呀，这什么普通话啊。

包老板和儿子吃完早餐，就拉着儿子慢悠悠地走了。出门之前还不忘摸摸我的头说，小赤佬啊，什么时候考北大清华啊。

我说，什么时候带我去香港啊。

包老板拉着儿子的手说，现在去啊，你跟着我们就好了。

就这样，包老板和胖儿子慢慢地走远了。

我问外婆，包老板到底是有钱还是没钱？

外婆说，做生意的嘛，钱赚赚亏亏很正常，老板老板，睡睡地板，知道不？

我说，那你不也是老板吗？

外婆说，说明我这老板还不够大啊。

我说，他的车呢？

外婆说，卖了还债啊。

我说，他的厂很大啊，上面写着望春工业区，在里面开车都要开好久。

经过外婆的解释，我才知道，那是一个工业区，不是包老板的，甚至工业区里面的厂子都不是包老板的，包老板只是在一个厂里面租了一间很小的车间，放了几台机器，接了一点活。

按照现在的话说，在那个年代，做生意就是，赚了成日快活，亏了下海干活。

我看到那么大的地方，最终属于包老板的可能只有那么二十几平方米，还是租来的。

我说，他的儿子是不是一个傻子啊，话也说不清楚。

外婆一边忙活着晚饭，一边说，唉，是啊是啊，啊不，怎么说话的呢？虽然是傻了点，但你也不能说他是傻子啊。

我说，傻了点不叫傻子那叫什么啊？

外婆说，叫名字啊，人家叫阿壮。

我说，还好，我没有成为他的儿子。

外婆说，包老板是看你比他儿子机灵啊，所以对你像儿子一样好。

我说，可是他对他儿子也很好啊。

外婆说，他不对儿子好，还有谁对他好啊，唉，他儿子啊，可能需要他对他好一辈子了，听说啊，这个病很难看好的，叫什么病来着？

很多年后，我才知道，包老板儿子患的病叫唐氏综合征，此病的特点是智能落后，面容特殊，生长发育迟滞，且无法得到治愈。

外婆说，这个病，唯一能做的就是，对他好一点。

我说，你对我也像对待唐氏综合征一样啊。

外婆说，都这么大了，还乱说话，你是懒鬼综合征。

我说，我的意思是你对我也很好啊。

包老板几十年间在小生意场上摸爬滚打，起起伏伏，亏亏盈盈，最终和儿子搬到了村庄里生活。他没有带我去过香港，我也没有考上清华北大。阿壮除了人大了一点，其他好像也没有什么太大的变化，吃包子啃鸡腿的模样依旧和以前一样。

外婆还依旧稳定熟练地操持着小吃店里的一切。小吃店的东西数十年未曾改变，店铺也未曾改变，偶尔做一些美食换换口味。只有在一些事物上才能慢慢感觉时间在流逝，譬如外婆的头发白了一些，阿旺已经很老很老了，老灶被熏得更黑了，桌子吱呀响着，墙上有一层无法抹去的污渍。

中午的时候，我吃着外婆的炒年糕感慨着说，有一句话，任凭世间风起云涌，你自笑看，宠辱不惊。

外婆说，啥意思啊？

我说，意思就是，无论外面的世界怎么变化，那些人，那些事，来来往往，沉沉浮浮，三分繁华，五分梦幻，两分……

外婆看了一眼灶头说，要死，水烧开了，被你说得又没看见，赶紧拿热水瓶来。

外婆冲热水的时候，包老板的胖儿子拿着零食，站在外头，非常认真地看着。一件极其平淡简单的事情，被他看得极其痴迷深刻。他看我的眼神，好像认识我，又好像不认识我。

外婆会冲着他笑笑，爸爸呢？在干吗呢？

他盯着外婆反应好久，憨憨地回答道，在呜哇呜哇的汽车上了。

Chapter 12
温暖的“重生”之门

[1]

我灰头土脸地坐在小吃店里，背靠着墙壁，看着忙碌的外婆，脑子飞速运转，一会儿该怎么去解释？

过了一会儿，外婆闲下来，看着全身灰扑扑的我说，怎么了？

我说，有没有肉包，给我两只。

外婆帮我拍打身上的灰尘，忽然发现，我的衣服后背被撕开了一大条口子，再撕一点，衣服就变成两半了。

外婆盯着我问，和别人打架了？

我把刚才想的故事脱口而出：刚才，我发现了一个小偷在逃跑，于是我拼命去追，在我追上他的时候，他瞬间拿出一把大刀，对着我劈了好几下，我左右闪躲，最后衣服被劈中了，我一回头，小偷就消失得无影无踪了。

外婆递给我一只肉包说，继续编。

我拿着肉包说，好吧，不编了，其实是有一伙人在欺负一个小朋友，我路见不平拔刀相助，结果和他们打了起来，衣服被他们抓破了，我没有打输，他们也没有打赢。

外婆说，就不能说实话？

我看了外婆三秒钟说，那就讲实话吧，就是走路的时候不小心，摔倒了。

外婆拍拍我的头说，好吧，接下来饿三天吧。

我拿着咬了一半的肉包说，我没有说谎啊，干吗要饿三天啊，我就是因为没吃饱，才摔倒的啊，腿软软的，不信你摸摸呢。

外婆说，你呀，吃饱了也是撑着。

我拿着啃了一半的肉包，摸着快被撕成两半的衣服，想起之前的场景。那时，我和小黑、旺狗、赤脚、坏蛋，看到四季服装厂的墙上写着“生产重地，闲人免进”，于是突发好奇，想进去看看。大门有人看管，于是我们就爬上了围墙。我们在墙上正准备跳入厂内，看门老头大喊一声，干吗呀，赶紧下来。我们一个激灵，立马朝外面跳了下去，结果我的衣服被墙上的铁丝钩住，撕开了一大条口子。我想要是外婆知道这事情，我以后都吃不上肉包了。

晚饭后，我和大黑、旺狗、赤脚、坏蛋聚在一起，大黑让我撕下作业本的其中一张，绞尽脑汁地在上面写下了我们的计划，并且给它们一一取名字，第一步“智斗看门大爷”，第二步“勇闯服装厂”，第三步“巧取所有东西”。写完计划，大黑嘱托我，一定要保管好。我将那张纸小心翼翼折叠好，塞入口袋里，想了想，这太随意了，于是立即跑回外婆家，爬进床底，倒腾了半天，将纸条塞在了床板缝隙里。

这时外婆喊我，我从床底爬出来，外婆说，趴在床底干吗？

我说，有一只老鼠。

外婆瞪着我。

我站起来拍拍手说，不，是一只蟑螂。

外婆一把拎起我，往外面走去，我说，蜘蛛，蜘蛛你总信了吧？

[2]

我们偷偷跑到四季服装厂门口张望了一会儿，基本上了解清楚了情况。门卫室内就一个看门大爷，半睡半醒的样子，看起来也打不过我们，但是按照计划，我们要“智斗”。我们五个相互一笑，对着破旧的大铁门，一顿拳打脚踢，大门发出猛烈的轰轰轰声，我们撒腿就跑，躲在一个小土堆后看。不一会儿老头出来了，朝四周看了看就进去了。我们各自一笑，大黑拿出弹弓，递给我，旺狗给我石头，赤脚负责查看周围情况，坏蛋则负责说，好，加油，弹他弹他。我接过弹弓将石头一颗颗弹在破大门上，弹几颗，老头就出来一趟，再弹几颗，老头又出来看看，但始终发现不了我们，我们阵阵窃喜，乐此不疲。

还剩下最后几颗石头的时候，大黑一把拿走我的弹弓说，准备放个大招。坏蛋拍着手说，大家看着大黑哥要发威了啊。大黑将弹弓对准了门卫室的玻璃窗。一连弹了六颗，玻璃被击碎，赤脚迅速在小土堆里埋好弹弓，大家立即跑散。我也一溜烟回到了外婆的小吃店。

此刻，外婆正在做晚饭。我为了表现好一点，拿起笔，写起了作业。

外婆看了我一眼说，怎么突然这么认真了？

我一脸严肃地说，从今天开始，我改邪归正，不做一个调皮捣蛋的小孩了，我要努力学习，争取考上清华北大。

外婆拿着勺子走到我身边，看到我在作业本上画了一个大大的王八，说，以后靠画王八考清华北大？

我灵机一动说，这是大黑给我画的，他只会画乌龟。

外婆瞥了我一眼说，我去你阿珍外婆家借点葱，你给我看着点灶头的火。

过了一会儿外婆回来，在灶头一阵忙碌之后，几个香喷喷的菜就上桌了。外婆给我盛了一碗饭说，你先吃啊，我忙完再吃。外婆在里屋翻墙倒柜一阵，拎着一块木板就出去了，等我吃完了两碗饭，外婆才回来。

我说，还给你剩了半碗汤，一块排骨，三片青菜。

外婆说，想吃就吃吧，别剩了，我一会儿蒸两个馒头。

我说，最近我脑子用得有点多，吃得有点多。

外婆说，吃多了容易将脑子堵住。

我说，你出去这么久在干吗？

外婆捧着碗夹起一片青菜说，大家都围在四季服装厂门卫那里，老刘门卫室的玻璃窗碎了，这天气还没热，晚上风呼呼地往里面吹，受不了啊，我找了一块木板，让他自己锯一下，现在还在弄呢。

我说，别人的事情你都很关心啊。

外婆说，什么叫别人，这一个村里的都是自己人啊，再说了我最关心的不还是你吗？说完喃喃自语着，这玻璃窗都能碎，这老板啊，也抠，这么破的窗还在用，应该换个好点的铝合金门窗。

外婆夹起最后一块排骨，我看着外婆想，这可是大黑想出来的计划，玻璃窗也是大黑弹碎的，和我没什么关系。外婆看了我一眼，将排骨塞到我嘴里说，想吃就吃吧，你看我对你好不？

我啃着排骨，外婆走到灶头，取出几个馒头。我说，你真的没吃饱吗？

外婆说，给门卫老刘送去啊，他搞那个玻璃窗搞了半天，晚饭都没做，他还有一个车祸瘫在床上的老婆躺在门卫室，我这不顺手蒸几个馒头。

我擦了擦嘴说，老刘这么惨。

外婆说，年纪大了，无儿无女，房子又没有，服装厂看他可怜，让他看门，有一点收入，也可以生活在这里。

我说，这大门看得住吗？

外婆拎着馒头说，这就不用你操心了，我先去了，你把碗给我洗了。

晚上我躺在床上，盯着天花板说，要是我以后变成老刘这样怎么办？

外婆说，年纪轻轻就想到这一步了。

我说，万一呢？

我说，那我和服装厂老板说一下，接替老刘当门卫啊。

[3]

这一天，大黑他们几个按计划行事。他们买来了鞭炮，对着我笑说，一会儿你先打头阵，把鞭炮点燃扔到门卫室，接下来是赤脚、旺狗和坏蛋。

我拿着鞭炮犹豫着说，这万一伤到人了怎么办？

大黑说，当初我们在墙上被他吓到，从墙上下来哪个没受一点伤？你那件破衣服还在吧？

我说，他老婆躺在床上不能动，万一炸到她就完了。

坏蛋看着我说，那要不炸你吧。

大黑说，好了，拿好了，你先去吧。

我内心忐忑地拿着鞭炮和火柴走到门卫旁边，小心翼翼地蹲在墙边，犹豫不决地划着火柴，划了一根又一根，一直划不着，赤脚说，怎么搞的？发霉了？这时候，门卫老刘走了出来，我身后的人一溜烟全散了。我的火柴却划着了。我拿着点着的火柴抬头看着老刘，老刘说，小朋友，这里不能玩火啊，知道不？

这时候老刘掏出一根烟说，借个火吧。

我站起身，老刘上下打量了我一下说，你是小吃店的外孙吧。

我点点头说，你怎么知道？

老刘拉我进门卫室，取出一把糖果说，这个给你，拿着。

我摇摇头说，不吃嗟来之食。

我胡乱用词，老刘也不懂，一个劲抓着我的手说，你外婆对我们好，所以这些糖你一定要拿着。

我刚接过糖果，几个点燃的鞭炮就扔了进来，然后在地上一阵噼里啪啦。我吓得一阵跺脚，老刘则安慰我说，别怕，别怕。

我揣着糖果，立即冲了出去，对着大黑他们喊，你们想炸死我吗？你们不要命啦？

坏蛋朝我喊，炸死算啦，你反正也不听我们的话。

大黑冲到我身边说，你被我们开除了。

我越想越生气，到了晚上，我拿起粉笔，悄悄走到服装厂大门前，画了一只大王八，旁边又画了十多只小王八，最后写上大黑、赤脚、旺狗和坏蛋的名字。

第二天我看到大门上已经变得一干二净，这件事似乎并没有引起太大的波澜。我朝服装厂里面望了望，老刘突然又出来说，你没有画这些东西吧？

我一怔，摇着头说，不是我，是大黑、赤脚、旺狗和坏蛋画的。

老刘说，你怎么知道？

我意识到快露馅了，忙说，他们写的时候我看见的，我正想和你说。

老刘摸摸我的头说，我泡一杯糖水给你喝吧。

我说，有没有可乐？

老刘说，我的糖水比可乐还好喝。

我看着老刘和他躺在床上的老婆，说，你要当心，今天晚上他们又要翻墙进到厂子里来了，他们还要拿光所有东西。

老刘递给我糖水说，你和他们不一样，他们都没人管教，你是个好孩子，我问你一个问题。

我喝了一口糖水说，不好喝啊，不过，你问吧。

老刘笑着说，那天是大黑拿着弹弓把我的玻璃弹碎了，但你为什么拿着弹弓弹大门？是不是他们逼你这么做的？

我拿着糖水不知道说什么，原来这一切老刘全部知道。

我说，原来你都看见了，你是不是也告诉我外婆了？

老刘说，是你外婆告诉我的。

我一脸纳闷说，那天我外婆在小吃店，她又没看见，怎么会知道？除非她有超能力啊。

老刘说，其实你外婆什么都知道，知道你是个好孩子，所以我们都不说这个事情，以后啊，离那些坏孩子远一点，别被他们带坏了。

我勉强喝了几口糖水，离开门卫室，内心不安地回到了小吃店。外婆依旧像往常那样忙碌着洗菜做饭，我心不在焉地吃完饭，外婆却和平时没什么两样。我趁外婆不注意，又偷偷爬到床底下，看看秘密是不是已经被发现了。我发现那张纸头还在，我取出来一看，也没什么异样。我把它撕碎扔进了垃圾桶。

这天晚上，我知道大黑他们会带着木棍翻墙进入厂子，计划中还要把老刘绑起来，堵上他的嘴，本来我是负责堵老刘的嘴的。

我躺在床上说，外婆，你有超能力吗？

外婆说，超能力是什么东西啊？

我说，就像奥特曼、机器猫那样厉害。

外婆说，那我比他们厉害多了。

我想了想说，我刚迷迷糊糊梦到服装厂被一伙人打劫了，老刘被打了，你赶紧去解救吧。

外婆打开灯，摸了摸我的额头说，是不是有点发烧了？

我说，没有，你赶紧出去看看。

外婆打开门，出去看了看，回来又摸着我的额头说，好了，没事了。

我说，你都解决了？

外婆抱着我说，解决了，放心睡吧，别着凉了。

[4]

第二天一早，我又来到老刘的地方。老刘正在给他老婆擦脸，见我来了问，来喝糖水吗？

我说，昨天晚上，没事吧？

老刘说，当然没事，全靠你外婆摆平。

我又勉强喝了一口糖水说，你能告诉我，我外婆为什么会这么厉害吗？

老刘说，这是天生带来的，有些人就是来做恶的，有些人就是来行善的。

我说，那我外婆还会哪些？

老刘说，这得去问你外婆。

我说，老刘你看过奥特曼和机器猫吗？

老刘说，猫没有，狗倒是捡来一条。

我放下糖水，突然跑出去。我去找大黑，大黑看见我说，好了，我们还是朋友啊，以前算我的错。我去找坏蛋，坏蛋笑着说，以后你有事，我们保证帮忙。我又跑回外婆的小吃店，看着外婆，突然觉得很不可思议。

我就这样愣了一上午，外婆说，怎么了？是不是昨晚感冒了？

我说，没有，我有没有感冒，你凭借你的能力怎么会不知道？

外婆说，那倒是，我看一眼就知道了。

午后，外婆闲了下来，正准备打一会儿盹。我则推推外婆说，我们能不能好好谈谈？

外婆一脸惊讶说，谈什么呢？一副小大人的样子。

我说，我做的所有的事你是不是都知道？

外婆说，那当然了。

我说，那我做的所有的坏事你也都知道？

外婆说，那是一清二楚。

我说，那所有的好事呢？

外婆说，你做过什么好事？嗯，还是有的，但比起雷锋叔叔还差了很多。

我说，你能告诉我你还有什么超能力吗？

外婆说，你想要干什么？

我想了想说，是不是我想要干什么，你都可以帮我办到啊。

外婆略带困意地点点头说，基本上都可以吧。

我说，那我不用读书了，整天吃好吃的，到时候时间到了，你直接送我上清华北大吧，然后再把我变成一个科学家，想要发明什么就发明什么，可以吧？

外婆托着下巴，闭着眼睛迷迷糊糊地说，好好，可以可以。

午后的阳光照在外婆的身上，显得金光闪闪，外婆似乎拥有了无数种超能力。

突然，外婆睡眼蒙眬地一惊说，完了，差点忘了，野泥鳅还在盆里。外婆拎起泥鳅说，这个东西营养很好，特意让三缸托人从四明山抓来，给一些老刘老婆补补身体，剩下的留给你补补身体。

我说，不留给你自己吗？哦对，你有超能力。

外婆拎着泥鳅说，你给老刘拿去吧。想了想又说，算了，你把握不住泥鳅，一会儿被它们溜走了。

我说，我能啊，你也太小看我了。

外婆说，那一起去吧。

外婆在狭小昏暗的门卫室，告诉老刘车祸后如何恢复，泥鳅怎么做营养最好，说完硬是不收钱，又急匆匆赶回小吃店。

我问外婆，你也太好了吧。

外婆说，你学着点。

[5]

那一天，外婆灶头的火才生了一半，就朝村口跑去了。过了好一会儿，外婆踉跄着回来了。

我说，什么事？

外婆看着灶头说，乖啊，帮我看住火了，以后我出去你别跟出来，要帮我看着店知道不？

我说，这不是很熟练了吗？刚才怎么了？

外婆擦擦汗说，门卫老刘突然脑梗了，被救护车救走了，这下完了，老婆还没好，自己又倒下了。

我说，这大门还守得住吗？

外婆叹了一口气说，脑梗严重的话会有生命危险。

我说，你不是有超能力吗？就不能救一下老刘吗？

外婆说，我有这能力，全世界的人都不会死了。

我说，那你现在能做什么？

外婆双手合十说，菩萨保佑，老刘没事，他老婆快点好起来。

我说，就只能做这个了吗？

外婆说，这事情只能交给菩萨了，好了，去做作业吧。

我说，能不能让菩萨保佑一下不让我做作业了。

外婆说，说什么呢，我一直让菩萨保佑你好好做作业。

我一脸无奈地打开作业本，又开始画起了一个大大的王八。

几天后，外婆吃着饭说，老刘估计只能瘫在床上了，比他老婆还严重，人都不认识了。

我说，这下大门真的看不住了。

外婆说，一会儿包老板来了，我再说一下吧，能给他管就让他管着。

我说，这样还能管大门？不如让我来管吧。

外婆说，现在他老婆勉强能坐起来了。

这时候，包老板走了进来。外婆忙让他坐下说，包老板啊，有件事要和你商量一下。

包老板捏捏我的脸笑笑说，不用商量了，老刘两夫妻只要人还在，我就让他待在门卫室，工资照发。

外婆说，包老板你这大恩大德，一定会发大财的，积德又积财啊。

包老板说，村里有难，相互关心，我也是学你的。

外婆笑了笑也捏捏我的脸说，看到没，你也学着点。

我说，包老板，以后也让我看看大门吧。

包老板站起身说，只要你外婆一句话，你明天就来上班。说完就走了。

我看着外婆说，你这个超能力不错啊，以后我的工作你给我安排一下吧。

外婆说，安排你给我看着小吃店。

这之后老刘一直躺在医院，处于半昏迷状态，老刘老婆则一直坐在门卫室。外婆会时不时让我拿点吃的东西过去。我有时候也会和老刘老婆聊几句。

我说，你放心，有我外婆的超能力在，你就别担心。

她说，什么是超能力？

我说，就是神仙一样的能力啊，奥特曼、机器猫，哦，你肯定不知道，那个《西游记》看过没？就是神仙一样的。

她说，哪有这种东西，你个小孩不懂。

我说，你竟然怀疑我外婆没有超能力，你都不如我这个小孩子。

她坐在床上说，全靠多年积善啊，知道吗？

我说，积善不算是超能力吗？

她想了想说，算的。

我刚走出门卫室，突然想到什么，又返回问，对了，你能不能告诉我，我外婆是怎么知道我们用弹弓打门打窗，还有那个晚上我外婆是怎么摆平他们的合伙打劫的？

她很实在地告诉我，老刘早看见了，只是不想和这帮野小孩计较，后来就告诉他们爸妈了，狠狠教育了一顿，小孩子嘛，打一顿就都老实了。

我说，难道不是因为我外婆的超能力吗？

她说，老刘都没告诉你外婆这些事，你是个好孩子。

我说，我外婆真的没有超能力吗？

她似乎有点累，头靠在枕头上说，其实还是有的。

[6]

过了很久，老刘在医院去世。我回忆起和大黑等人合伙欺负老刘的事，并且将这些事一五一十地告诉外婆，并且问她，是不是都知道这些事？

外婆摇摇头说，你今天告诉我，我才知道。

我说，老刘告诉我你什么都知道。

外婆说，那是因为他相信我，也相信你。

我说，为什么啊？

外婆说，以前我帮过老刘，老刘也帮过我，我还帮过包老板，包老板也会帮我，也会帮老刘，我们都是相互帮来帮去，这样就帮成一家人了，当然还有很多人，两只手也数不过来了，到了你们这一代，也要这样相互帮忙，知道不？

我说，那当然，我帮三毛写作文，三毛帮我打架，我找三毛帮阿正打架，阿正又帮我做数学题，你放心，我们这一代也一直在帮来帮去的。

外婆说，饿几天，自己说吧。

我说，你别总是用这种手段，换一个行不行？

外婆说，不是饿就是打了，你自己选择吧。

我说，就不能惩罚我吃到撑死吗？

外婆说，别总说死不死的。然后她抬头看看天花板说，老刘啊，要保佑活着的人好好的啊，就是上次的泥鳅不是野的，当然我也不知道，三缸也不知道，是托的那个人骗了我们，不过营养也是有的。

我也抬头看着天花板说，老刘啊，保佑我们都好好的啊，上次大门口的王八其实都是我画的，不过这没有影响你看大门。

（全文完）

MEMORY
HOUSE